ハヤカワ文庫 SF
〈SF2360〉

宇宙英雄ローダン・シリーズ〈661〉

焦点のビッグ・プラネット

H・G・フランシス&H・G・エーヴェルス
鵜田良江訳

早川書房
8782

PERRY RHODAN

BRENNPUNKT BIG PLANET

REBELLION DER HALUTER

by

H. G. Francis

H. G. Ewers

Translated by

Yoshie Uda

First published 2022 in Japan by

HAYAKAWA PUBLISHING, INC.

This book is published in Japan by

arrangement with

PABEL-MOEWIG VERLAG KG

through JAPAN UNI AGENCY, INC., TOKYO.

目次

焦点のビッグ・プラネット

焦点のビッグ・プラネット

H・G・フランシス

登場人物

ジュリアン・ティフラー……有機的独立グループ（ＧＯＩ）代表
ニア・セレグリス……………ティフラーの伴侶。ＧＯＩメンバー
ティルゾ………………………ブルー族。ＧＯＩの潜在的ディアパス
キャプテン・アハブ…………スプリンガーの族長。じつはストーカー
ドモ・ソクラト
ベンク・モンズ
アケ・ガクラル
ヘンケ・トール
（以上4名）……………ハルト人
オヴォ・ジャンボル…………ハルト人の銀河評議員

1

ドモ・ソクラトの喉からごろごろとくぐもった音が出た。かれと宇宙考古学者ベンク・モンズとのあいだで、恒星のように明るいエネルギー・ビームがあちこちからひらめいたのだ。モンズを救うのは不可能に思える。

ベンク・モンズは踵《きびす》をめぐらした。つかめる場所を探して四本の腕を伸ばし、垂直な金属柱に何度もこぶしをぶつける。だが、なんの効果もない。

罠から逃れるすべはなかった。

ドモ・ソクラトは熟考した。

周到に準備してきた惑星テルツロック脱出の試みは、すでに助走の段階で失敗したように思える。

十五年間、ドモ・ソクラトはこの惑星で流刑《るけい》に近い生活を送ってきた。ここから脱走すべく……ほかの大勢の者と同じように……何度もためしてみたが、成功していない。

ストーカーがソト＝ティグ・イアンと決闘し、敗北して以来、〝ビッグ・プラネット〟は一方通行の隔離バリアでつつまれている。宇宙船は、テルツロックに着陸はできても、この惑星をはなれることはできない。

ソト＝ティグ・イアンは、ストーカーはまだテルツロックにいると確信しているにちがいない、ドモ・ソクラトはそう考えていた。だが実際には、隔離バリアが展開される前にストーカーはこの惑星をはなれていた。

ソクラトは、自分と同じように挑戦して、生還しなかった者を大勢知っている。噂によれば、テルツロック周回軌道にある監視ステーションかエネルギー・バリアのせいで失敗したのだという。だが、真相はスティギアンしか知らないのだろう。

テルツロックではだれもが完全に自由に移動できる。スティギアンがテレポート・システムを導入し、テルツロックの全住民にテレポート・ベルトを入手するチャンスをあたえたからだ。とはいえ、ベルトは戦いとる必要があり、ドモ・ソクラトは挑戦した。それが第一歩だった。

スティギアンは、ホスモルト宙航センターに高さ千メートルほどの三角形ピラミッドを建設していた。〝第三の道〟のシンボルがついている。このシンボルは、三本の矢で三分割された正三角形だった。ピラミッド内には、ありったけの罠がしかけられた迷路があり、この迷路を通りぬけて中心部にたどりついた者には、その場でテレポート・ベルトがあたえられる。登録されてプシオン性テレポート網にくわわり、シントロニクスに保存されると、ビッグ・プラネットの好きな場所へテレポーテーションできるようになる。だが、そのピラミッドの中心に行ったり、グラルルのピラミッドへ移動したり、逆にもどってきたりすることはできない。

ここ十五年の隔離期間に、一万名ほどのテルツロック住民が……ハルト人とグラドが……テレポート・ベルトを手に入れた。だが、それで充分とはいえない。

ドモ・ソクラトは第二段階に進んだ。

スティギアンはピラミッドをもうひとつ建設させていた。通商都市グラルルにあるそのピラミッドには、ふたつの機能があるといわれている。噂どおりなら、ひとつはテレポート・システムのシントロン地上ステーションであり、もうひとつは、隔離バリア発生装置である、要塞に似たプロジェクター・タワーだ。

テルツロックの住民は何度もこの第二段階に挑戦した。かれらはピラミッドに入り……すっかり姿を消してしまう。

ドモ・ソクラトはいま、かれらのすくなくとも一部が二度とあらわれない理由を理解した。

グラルルのピラミッドでは、予測不可能な死の罠が山ほどしかけられている。ほとんどの者がここで破滅したにちがいない。多くがここの罠で命を落としたのだ。

いや、全員かもしれない、と、ソクラトは考えた。

身体分子構造を転換して、ベンク・モンズを救うべく突進する。二名のハルト人は轟《ごう》音《おん》とともに激突し、壁まで数メートル、床を転がった。金属の大きな棘《とげ》が一本、天井から落ちてきてドモ・ソクラトの頸にはげしく当たったが、負傷はしない。棘はハルト人の超硬化したからだにむなしくはねかえされる。

ドモ・ソクラトはこぶしで棘を粉砕し、

「大丈夫か?」と、宇宙考古学者にたずねた。

「おおむね」ベンク・モンズは応じて、うめきながら立ちあがった。「すこし目がくらんだだけだ。そうでなければ自分でなんとかできただろう」

ドモ・ソクラトはこぶしで床を殴った。大きな音とともに身を起こし、

「すべての友情にかけて」と、落胆してどなった。「これではうまくいくまい。引きかえすべきだ」

「引きかえす?」宇宙考古学者は思考力を疑うかのようにソクラトをしげしげと見て、

「これまでだれひとり生還していないのだぞ。それに、このピラミッドから出られた者もいない。なぜ、よりによってわれわれが最初の者になれると?」

「ほかの者が愚鈍だったからだ」ドモ・ソクラトはいいはった。足を踏み鳴らし、「奥

へ奥へと進み、次々に罠を克服して、頑迷になり、いつのまにか破滅したのだ。われわれはそうはならない。準備をととのえるべきだ。いまなら、なにが待ち受けていて、どのような装備が必要か、わかっている。もう一度やりなおしたほうが成功の見こみは増す」

「もどる？　もどれた者はいないのだぞ」ベンク・モンズがくりかえす。宇宙考古学者は、進んできた通路に目をやった。ピラミッド入口の二重ドアは、はるか遠くに見えているが、これからの距離にくらべれば、誘いかけるかのように近い。宇宙考古学者はつづけた。「わたしは、古代遺跡は知っていても、ここの悪魔の作品にはくわしくない。引きかえそうとする者に対して、スティギアンがどのような罠をしかけているのか、わからないだろう？」

「じきにわかる」ドモ・ソクラトには、グラルルのピラミッドがただの死の罠だとは思えなかった。ホスモルトのピラミッドを克服した者にはテレポート・ベルトがあたえられる。このピラミッドを戦いぬいた者にも、褒美があっていいのではないか？

ソクラトは上へ向から唯一の道であるシャフトに向かった。内側でブルーとグリーンの光があやしく点滅する。むやみに身をゆだねて通過を試みても、意味はあるまい。ここに入るには、さまざまな罠を察知できる技術装置がいる。

「心配するな、ベンク・モンズ。このピラミッドの謎は解明できる。すぐに。間をおかず、できるだけ早くすべての装置を調達する。それからふたたび出発しよう」

「よかろう」宇宙考古学者は譲歩した。「そのほうがよさそうだ」

二名のハルト人は、通路を急いでもどった。罠が待ち受ける場所はすでに知っているから、避けることができた。かれらの計画脳には、これまでこなした一歩一歩が記録されている。どこであろうと、罠のようすに頭をひねる必要はない。

二重ドアまで二分弱。ドアを押し開けて外に出る。

暗かった。雲がかかる空は星々の光を通していないが、二名のハルト人には問題ではなかった。かれらの目は赤外線を感じるから、この条件下でもやすやすと方角はわかる。

ベンク・モンズはアルコーヴにあったハルト人三名の死体のことを考えて、ぞっとした。ここ十五年のあいだのいつかに、秘密を探るべくピラミッドに入ったのだろう。この罠はブラッフではなく、命にかかわるという証拠でもある。

いかつい姿が、いくつか目の前にあらわれた。

「とまれ！」大音声《だいおんじょう》が命じる。ドモ・ソクラトのような戦士にも畏敬の念をおぼえさせる声だ。

「道をあけろ」ベンク・モンズが応じた。不安を声の大きさでごまかそうとしている。

「それとも、怒らせるつもりか？」

「もう怒っているだろう」と、べつの者がいう。

数十名のハルト人がかくれ場から出てきた。重エネルギー・ブラスターを手にしている。武装集団だ。勝ち目はない。

「なにが望みだ?」ドモ・ソクラトがたずねた。

「いっしょにこい!」はっとするほど力強い声で大音声を発したハルト人が命じる。

「ま、よかろう」ソクラトは譲歩した。いずれにせよ、そうするしかない。

ハルト人グループはソクラトたちを大型装甲グライダーに連れていき、乗りこませた。戦闘スーツを着用したハルト人たちとともに、数分間、闇のなかを無言で飛行する。やがて半球形建物の大ホールに着陸した。数歩進むと、先ほど会った長身のハルト人が前に立っていた。ほかの全員より一メートルほど背が高い。

「カトル・ハルストラクか」宇宙考古学者が気圧《けお》されながら、「〝前進主義者〟のリーダーですな」

「まさにそのとおりです」と、巨漢が応じる。

「前進主義者か」ドモ・ソクラトが見くだしたように、「われわれをとめることはできない」

「とめるとも」と、カトル・ハルストラク。「ピラミッドでなにが待つかを知らずに、あまりにも多くの重要な者が失われていくのを、座視しているわけにはいかないのだ。ただいまより即刻、ピラミッド入口周辺に封鎖線を敷く。もうだれも通らせはしない」

「ばかなことを」ドモ・ソクラトは驚いて抗議した。「ビッグ・プラネットが隔離バリアで封鎖されているだけではたりないのか？　そのうえみずから封じこめるだと？」

「そうしなければならない」と、巨漢がいう。「ピラミッドで命を粗末にする者があとを絶たないのだ。ここ数年で何千名も入っていったが、だれひとり生還していない。われわれの種族がそうして衰退していくのを見すごすわけにはいかない。そのようなとほうもない冒険をするのは、つねに最良の者なのだから」

「だれにもわれわれをとめることはできない」ドモ・ソクラトは強情にいった。

「いや、できる！」前進主義者のリーダーがどなり、「これよりただちに、グラルルのピラミッドを封鎖する。それでも入ろうとする者には銃を使う。やむなくば殺す。平穏をとりもどすためだ。あきらめていただきたい」

ドモ・ソクラトは理解した。この巨漢は本気である。

こうして、自由にいたると思われた唯一の道が閉ざされた。予感はあった。遅かれ早かれ、スティギアンがもたらした孤立をエスカレートさせようとする者は、あらわれていたはずだ。

＊

「ベルゲンへの到着はいつになる？」ジュリアン・ティフラーは転子《ころ》状船《オスファー

I》の船長に訊いた。

キャプテン・アハブはティフラーの前を左右に歩いている。ただし、カニのような横歩きで。

「五時間後くらいだ」と、キャプテン・アハブ。「だから、まだ時間はある」

「あの若者のところへ行ってくる」ティフラーがいった。「あまりぐあいがよくないので。理由はわからないが、わたしになにかしてやれることがあるかもしれない」

ティフラーは司令室を出て、ブルー族のティルゾのもとへ向かった。キャビンは転子状船のまんなかあたりにある。

コズミック・バザールのベルゲンに招集された銀河評議員の緊急会議のことをティフラーは考えた。緊急会議が開かれるのは、ティフラーが指揮したパラチームがウパニシャド学校チョモランマの〝ソトム〟で入手した情報のためだ。その情報から、ソト＝ティグ・イアンがブルー族に対する攻撃を計画していると判明したのである。

ジュリアン・ティフラーは、その情報を分析して結論を出した。ソト＝ティグ・イアンは、永遠の戦士一名とその輜重隊《しちょう》にエスタルトゥから応援にくるよう要請したと。

永遠の戦士の名前は、まだ判明していない。

ティフラーは胸のなかでいった。われわれは、最低でも五万隻の艦隊がくると覚悟しなければなるまい。

その艦隊の狙いは、イーストサイドでブルー一族を恒久的葛藤に巻きこむことのようだ。スティギアンはブルー一族の好戦的な本能につけこむにちがいない。さらに、武力衝突となれば、ギャラクティカムがブルー一族を支援すべく動く、それも計算に入っているはずだ。ギャラクティカムが介入すれば、スティギアンには、全戦力を投入して銀河系を完全に屈服させる口実ができる。

だが、それだけのはずはない。

そのうえ悪魔じみた計略をめぐらしていないとしたら、ソト゠ティグ・イアンはスティギアンとはいえまい、ティフラーはそう考えている。

パラチームが入手した情報のなかにはソトのコメントもあった。"ブルー一族がかんたんには拒めないような贈り物をする"と。

この"贈り物"とはいったいなにか、残念ながら有機的独立グループにはまだつかめていなかった。ティフラーやほかのGOIメンバーは、ブルー一族を苦しめるエスタルトゥの超技術製品だろうと推測している。

ティルゾのキャビンのハッチ前でティフラーは立ちどまった。ニア・セレグリスがきたためだ。彼女にブルー一族の状況と、《オスファーI》で航行することを説明した。コズミック・バザールのベルゲンまで転送機でも行けるだろうが、ソト゠ティグ・イアンは銀河評議会の緊急会議に注目しているはずだ。そこで、かれとニアは……もっともきびしく追われているGOIのメンバーとして……時間はかかっても、より安全な移動法を選ぶことにした。不可視の観衆として緊急会議を後方から見守り、必要とあらば介入する予定である。

ティフラーはブルー族のキャビンに足を踏み入れた。驚いて〝ディアパス〟を見る。奇妙に身をまるめてベッドに横たわり、腕と脚を力なく伸ばしている。

「どうした?」ティフラーはほっとしてたずねた。「さっきは元気そうだったが」

ティルゾはぼんやりと目をあげた。ティフラーはその目に悲しみに似たものがあると感じた。

「ほうっておいてください」と、ティルゾ。「すぐなおりますから」

ティルゾは身長百九十二センチメートルで、これといって目を引くところのない、ごく平均的な体格をしている。だが、非凡なのは、NGZ四二八年十一月三十日にガタスで生まれたことだ。しかも、ペリー・ローダンがクロノフォシルを活性化させた、あの瞬間に。

すぐに、ティルゾには芸術的な素質があることが明らかになった。十四歳という異例の若さでガタスの芸術アカデミーに入学し、きわめて想像力豊かなホログラムの制作で、すばらしい才能があると証明した。

やがて、美術史の研究中に先ツォッターのサイコドを知り、そのようなサイコドをつくると決意した。この目標はいまも追いつづけていて、パラ露のしずくの助けを借りようと思っていた。その理由は、偶然プシコゴンのしずくをひと粒手に入れたさいに、陶酔に似た状態におちいったからだ。べつの次元を見て、精神手段でそこに入れそうな感覚をおぼえたのである。

その経験以来、パラ露を使えばサイコドをつくれると確信して、そのアイデアにとりつかれたようになっていた。

ジュリアン・ティフラーは思いだした。ティルゾはほんとうに、ある支援者の仲介で三十数粒のパラ露を手に入れたのだ。ブルー族はそのすべてを一度に突発的爆燃させ……思考力をほぼ失った。

ティルゾはアラロンに運ばれた。だが、アラスには助けられなかった。ティルゾは夢遊病になったかのように歩きまわり、超音波領域でのみ話をした。精神が別次元に囚《とら》われたかと思われたが……やがて、これは事実に近いと判明した。

ティフラーは、ブルー族から目をはなさずにシートに腰かけた。

キャプテン・アハブ……実際にはストーカー……が、ティルゾに注目し、GOIのパラチームに推薦した。ティルゾはクラーク・フリッパー基地でパラ露を使った治療を受けて、プシコゴンの力で現実世界にもどってきた。だが、異次元を見る能力は維持された。この能力によって、ナックとの本質的類縁性のようなものを獲得したのである。ティルゾは、ナックのようにプシオン性エネルギー・フィールド・ラインをのぞきこみ、聞き耳をたてることができた。

ティルゾがパラ露と接触したときにのみ発揮されるこの能力は、〝ディアパシー〟と名づけられている。

このブルー族は、フラッシュバックで苦しんでいるのだろうか、と、ジュリアン・ティフラーは自問した。どうすれば助けられるのか。

「もうすぐベルゲンに着くが」と、ティフラー。「それが、なにか問題なのか？」

「いいえ、それはちっとも」ブルー族が応じる。

「それならどうした？」

「母の、ことです」ティルゾはつかえながら、「母が、必要なんです」

ティフラーは聞きまちがえたのだと思った。

「わたしをからかうつもりなんだろう、ティルゾ」

「いいえ。絶対に。なにが起きているのか、自分でもわからないのですが、母と話せなければ、自分は自分ではなくなる、そんな気がしているんです」

ティフラーは立ちあがった。とほうにくれて、

「お母さんを見つけるのはほぼ無理だと、わかっているんだろう？　きみはお母さんの顔を見たことがない。だれがきみの母親なのか、だれにもわからないんだ」

「わたしが苦しんでいるのは、それなんです。でも、母が必要で」

「きみを助けられるべつの方法を見つけなければ」

「でも、べつの方法は見つけたくないんです」ティルゾは、はてしない孤独をにじませてティフラーを見た。ティフラーは心の底までのぞきこめそうな気がした。ブルー族は、孤独ゆえの無力感に襲われていると、わかった。

2

「われわれの自由を制限させるつもりはない」ドモ・ソクラトがいった。「まして、前進主義者と名乗りながら、実際には自滅にまで退化しているような者には」

ソクラトはベンク・モンズとみじかく視線をかわした。宇宙考古学者が目くばせして、二名同時に走行アームをおろし、分子構造を転換する。

ほかのハルト人たちよりも、数分の一秒早く。

ドモ・ソクラトは大音声をあげてカトル・ハルストラクに突進し、激突して横に投げ飛ばした。巨漢は明らかに後手にまわった。分子構造転換を完了しきれず、からだがテルコニット鋼ほどまで硬化していなかったためだ。

ベンク・モンズは武装集団の一名に襲いかかり、一撃で地面に倒した。すぐ大ジャンプをしてその者を跳びこえ、建物の壁に頭から突っこむ。壁はその衝撃に耐えられず、耳をつんざく轟音とともに崩れ去った。

〝前進主義者〟の一名が銃を撃ったが、あわてたために的をはずし、エネルギー・ビームは武装集団のリーダーの真横にある建物の支柱に命中した。柱は即座に赤熱して爆弾のごとく砕け散った。次の瞬間、建物の屋根が崩落して、何トンもの石塊が高みから落下し、数名のハルト人を下敷きにする。だが、負傷者はいない。巨人のような戦士たちは、すでに分子構造を変化させていた。

カトル・ハルストラクは、〝前進主義者の神殿〟が失われたと知って、見境いなく怒り、どなりちらした。

半球形建物は崩壊寸前である。

ドモ・ソクラトはからからと笑い、

「この、おろか者!」と、叫んだ。声が不気味に瓦礫《がれき》のなかで反響する。「きみたちに、われわれをとめられるものか」

ソクラトは大きくジャンプして壁をこえた。宇宙考古学者があとにつづいたが、壁のてっぺんでとまり、大きな石塊を数個、手にとった。〝前進主義者〟たちが突進してきたところに、モンズが石を投げる。負傷させることはできなかったが、石はテルコニットのようにかたい頭に当たり、塵《ちり》と砕け散って、衝突エネルギーが〝前進主義者〟たちに伝わり前進を阻《はば》んだ。

「いいからこい!」ドモ・ソクラトがモンズにもとめる。

「すでに向かっている」ベンク・モンズが大声で笑いながら、「だが、こんどは頭で壁を破るのではなく、窓を通ろう」

　ガラスが割れる音がして、宇宙考古学者が姿を消した。ドモ・ソクラトは猛然とそのあとを追い、ともにグラルルの道のはざまに身をひそめる。〝前進主義者〟の建物が、後方で轟音とともに崩壊した。

　ドモ・ソクラトとベンク・モンズは下へななめに向かうシャフトを急ぎ、追っ手を振りきった。まもなく研究ラボに着く。二名はここで何度も作業をしてきた。ほかにはだれもいないとたしかめて、安堵する。

「じつに楽しかったな」反重力シートに身をうずめながら、宇宙考古学者がいう。「ほんとうに愉快だった」

「楽しい？」ドモ・ソクラトは入力キューブをいくつも押した。複数の放送局がテルツロックのニュースを流している。いつものようにささいな話だ。意味はない。ある放送局は、テルツロックの遠い過去の住民トリツァーや、かれらの遺骸がある、いわゆる〝骨の墓所〟をとりあげていた。番組の出演者は何年も前から知られていることをくりかえすばかりで、新しい内容はなかった。

　べつの放送局は、四名のハルト人がグラドとともに北極の永遠の氷のなかでおこなうスポーツをとりあげていた。だが、まだ準備の最中で、司会者は死ぬほど退屈だった。もっとひどいのは北の港湾都市の放送局である。

「なぜニュースを切らない？」ベンク・モンズがたずねた。

「いま、前進主義者の女がノミ咳の心理学的原因について話している。すごく重要だという顔をしているが、興味はあるか？」

「まったくない」宇宙考古学者は低い声で、「だが、保守的な放送局はどうだ？」

「騒いでいるようだが、そちらも、われわれのことはなにも報じていない」ドモ・ソクラトははっとした。なだめるように手をあげる。「いまはじまった。破壊された半球形建物の映像だ」

ベンク・モンズは立ちあがった。揺れるように歩き、べつの放送局をチェックする友のもとへ行く。

「だが、われわれの話は出ていないな」宇宙考古学者は満足して断言した。「二名のハルト人といっているだけだ。名前はわからないのだろう」

「わかるはずはなかろう」

大きな音をたてて、ドモ・ソクラトは四つのこぶしを打ちあわせた。

「だが、残念だったな。もうすこしかれらと暴《あば》れたかったのだが」と、大音声で笑い、

「そういっても、しかたがないが」

「かれらは、われわれを待っているはずだ。こちらがあきらめないのはわかっていよう。ピラミッドの前に立っているだけでいい。遅かれ早かれわれわれを捕まえることにな

る」

スクリーンのひとつにカトル・ハルストラクの顔があらわれた。〝前進主義者〟の巨漢リーダーは、怒りで自制しきれていないようだ。

「あなたが捕らえた二名のハルト人は、どのような罪をおかしたのですか？」映像の後方にちらりと見えるレポーターがたずねる。

「おぞましいことだ。〝前進主義者〟の最上級委員会は、この問題を公表すべきかどうか、時間をかけて検討した」

「しかし、最上級委員会は、その出来ごとのおぞましさをすべて公表すべきだと、決めたのですね？」

「そのとおり」

「罪状はどのような？」

「グラルルのピラミッドからもどってきた二名は、単性生物の根本原理を破った！」カトル・ハルストラクがどなった。

ドモ・ソクラトとベンク・モンズは驚いて目を見あわせた。麻痺したかのようになる。このような罪が持ちだされるのは、数千年来のことだ。ハルト人は単性生物で、意志力で身体機能を制御することで、だれかが死ぬときにのみあらたな者が生まれる。ふたつの性が関係を持つことはなく、そのようなことは、ハルト人には想像もできない。ドモ

・ソクラトとベンク・モンズのあいだにそのような関係ありとハルストラクが主張したのは、惑星全土にわたる怒りの声を巻き起こして、二名をだれよりも軽蔑される者にできると、わかっていたからだ。

今後、ドモ・ソクラトや宇宙考古学者と話をする者はいないだろう。さまざまな問題はつねに議論されるが、このような事件は話題にされない。さらに、二名の容疑者には〝前進主義者〟のリーダーの主張が的はずれだと証明する手段がなかった。死刑判決は避けられまい。

「かれらの狙いは、われわれを衝動洗濯におちいらせることだ」ドモ・ソクラトがうめいた。自制しきれなくなっている。「われわれが度を失ったかのように暴れるのが狙いなのだろう。あっさりと撃ち殺せるように」

「そして、できるだけ早くピラミッドへもどらせようとしている」ベンク・モンズがいそえる。「われわれが動揺して、罠にかかればいいというのだ」

事態は悪化するばかりである。

「二名の名前はわかっているのですか？」スクリーンでレポーターがたずねている。

「ドモ・ソクラトとベンク・モンズだ」カトル・ハルストラクは、わずかな愉悦をにじませて答えた。

ことここにいたっても、二名のハルト人が自制できたのは、奇蹟に近いことであった。

二名にはわかっていた。もうテルツロックにはいられまい。好むと好まざるとにかかわらず、ピラミッドに入るしかないようだ。すべてを一枚のカードに賭けねばならない。「この償いはしてもらうぞ」ドモ・ソクラトは息も荒く、「ハルストラクは、生まれた日を呪うことになるだろう」

＊

ジュリアン・ティフラーは目をあげた。キャプテン・アハブがブルー族ティルゾのキャビンに入ってきたのだ。ストーカーはいつものようにスプリンガーの族長モセク・バン・オスファー、つまりキャプテン・アハブのマスクにおさまり、カニに似た横歩きをしている。このマスクに入ったかれは、身長百八十九センチメートル、肩幅はひろく、がっしりしている。火のように赤い髪をして、巻き毛が肩にかかっていた。同じように赤い、顔全体から伸びる髭《ひげ》には、カラフルなオーナメントが編みこまれている。着衣は成金趣味で、声は低く威圧感があった。

「このちびはどうした？」キャプテン・アハブがたずねる。「なぜベッドでまだ寝ている？　もうすぐ目的地に着いて、大型コンテナをおろすことになっている。そこにきみたちがかくれるのだ。ニアときみが。事情を知る係員が秘密の部屋まで案内する」

ティフラーはブルー族に目をやった。べつのだれかに世話をたのまなければならない。

これ以上できることはなさそうだ。

「その部屋から会議のようすを見ることができる。銀河評議員ともコンタクト可能だ」

キャプテン・アハブはつづけた。ティルゾには知らん顔で。ブルー族は苦しそうに皿頭に両手を当てた。威圧的な大声が耐えられなかったのだ。

ティフラーはストーカーにブルー族の状態を説明したが、共感してもらえなかった。

キャプテン・アハブはからからと笑ってティルゾの肩をたたき、

「もうよせ、ちび！」と、叫ぶ。「どうしてもというなら、わたしがきみの母親になってやる！」

そういってティフラーをキャビンの外に連れだした。

「わたしはほんとうにティルゾが心配なのだ」と、テラナーがいう。

「わたしもだ」キャプテン・アハブが押し殺した声で、「だが、目の前でそんな顔をすることはあるまい。パラ露でためしてみよう。数粒ならある。それが役にたつかもしれない」

キャプテン・アハブはふたたび笑うと、反重力シャフトのそばでティフラーと別れた。ストーカーはコズミック・バザールのベルゲンにとどまらずに、数日間、通商中継ポイントをはなれる予定だった。

ジュリアン・ティフラーが反重力シャフトに入ると、ニア・セレグリスがそばにきた。

グリーンの目を光らせて、

「順調なの、ティフ？」と、笑う。「キャプテン・アハブはご機嫌だったみたいね」

「そう見えるだけだ。マスクの下はすこし違うと思う」

「そうなんでしょうね」ニアはもう一度笑って、「でも、キャプテン・アハブがマスクをつけているとほっとするわ。ねじれた背中や変形したところを見なくてすむから」

「ストーカーの外見の話じゃないよ」ティフラーは話をもどした。「かれの内面はどうなのだろうと、そっちのほうが気になっている。スティギアンを心から憎んでいて、いつか決闘して殺すと、まだそればかりを考えているようだ」

「そうね。わたしもそう思うわ」ニアは同意して、しなやかな身のこなしでティフラーの前に反重力シャフトを出た。「もし勝てば、ストーカーはエスタルトゥにもどって、同じ名前の超越知性体を探すんでしょう。自分の力の集合体の秩序を守るよう、もとめるために。ファジー・スラッチからエスタルトゥはいないと聞かされて以来、その考えが頭からはなれないみたいよ」

「ふむ。ストーカーはべつのこともしているようだが」

「ホーマー・ガーシュイン・アダムスのこと？」

二名は百個以上の大型コンテナが置かれた船倉に足を踏み入れた。ロボットが荷おろしの準備をしている。コンテナのひとつが開いていて、そこにかくれることになっていた。

「そのとおりだよ」ティフラーは微笑して、「アダムスはストーカーに激怒しているんだ。あのとき陰謀に巻きこまれたせいでね。ストーカーはそれを自分のせいだと思っている。自分がアダムスに心理的ダメージをあたえてしまったから、かれが……ストーカーが……呼ぶところの〝ガーシュイン〟は宇宙ハンザを自分に敵対させることになったとさえ考えている」

ニアは笑った。

「それは、あのふたりが解決するべきことよ」

ティフラーはありったけの小型容器が積みこまれているコンテナに入った。ニアがそばで箱のひとつにすわる。

彼女はみじかいブロンドをかきあげて、「ストーカーがベルゲンに着いたら、なにをするのか、どこへ行くつもりなのか、知ってるの？」

「なにも聞いていないよ」

コンテナは閉じられた。その直後、コズミック・バザールに着陸。《オスファーⅠ》は格納庫に入り、すぐに荷おろしがはじまった。コンテナは反重力装置で船からおろされ、四分弱で開いた。痩軀《そうく》のテラナーがティフラーとニアのそばにきて、

「アーラン・アランです」と、自己紹介する。「部屋までご案内します。急いでくださ

い！　いまなら人目につかずに船倉から出られますが、ここはすぐにあわただしくなります。それからでは目だってしまうでしょう」

二名はコンテナを出て、ほかのふたつのコンテナのあいだを走り、通常は使用されない赤いドアへ向かった。そこから通廊を急ぎ、待機していたリフトのキャビンに入る。高速で数デッキ下まで移動し、銀河系全土からきた商材が保管されているひろいホールのまんなかに出た。階段の上に居室ユニットがあり、考えられるかぎりのコミュニケーション装置がそなえられている。

「ここから会議のもようを見ることができます」アーラン・アランが説明する。「いざとなれば、直接参加も」

そういって、壁のボタンをいくつか押した。女の顔の抽象画が窓になり、会議場が見える。

「この向こう側は、ほかの壁材と見わけがつかない素材になっています」と、案内役がつづけた。「透明なのは、こちら側から見たときだけです」

ティフラーはうなずいたのみ。このような施設は目新しくはない。

「一時間ほどでシーラ・ロガードがここへ会いにきます」アーランが告げる。「ハルト人のオヴォ・ジャンボルとブルー族のプリュ＝イトも、あなたがたと話したいといっていました」

「きてもらえるのが楽しみだと伝えておいて」と、ニアが応じた。

シーラ・ロガードはもと首席テラナーで、いまはギャラクティカムでテラの利益を代表している。いま首席テラナーをつとめているのは、ペリー・ローダンのかわりにハンザ・スポークスマンになったブレイク・ゴードンだ。アーラン・アランが部屋を出ていくあいだに、ニアは窓ごしにギャラクティカムの本会議場に目をやった。現在、ギャラクティカムにはちょうど四百の銀河系種族が加盟している。

銀河系の伴銀河である球状星雲の代表者たちも、ギャラクティカムに議席を持っていた。二百の太陽の星のポスビもである。だが、ポルレイターはギャラクティカムにはくわわっていない。

ニアは思いだした。ポルレイターの居住圏である球状星雲M－3は、プシオン性標識灯、いわゆる〝戦士の鉄拳〟でとりわけ強く照らされている。

のぞき窓のすぐそばに、ギャラクティカムの設立メンバーで議長であるプラット・モントマノールの席があった。ほかの銀河評議員の席からは数歩はなれている。

いまのところ、会議場にいる銀河評議員はわずかだった。ニアは知らない銀河評議員たちのグループのなかに、ブルー族のプリュ＝イトと、アルコン人のバルノンと、テラナーのシーラ・ロガードを認めた。

ギャラクティカムへの移行にともなって、ハンザ・スポークスマンの半数が非テラナーに交代している。最高位者はルナの大型ポジトロニクス、ネーサンである。

「何名かは古顔ね」と、ニア。「もっと新しい人材が入ったかと思っていたけど。新人が登場したほうがいい種族もありそうよ」

「それぞれの種族にまかせよう」ティフラーが応じて、「ほら、共通して定められた改選期間はないだろう。どういう周期でギャラクティカムの代表者を選ぶのか、各加盟種族が自分で決めるんだ」

「ハルト人が見あたらないけど」

ジュリアン・ティフラーはニアのそばへ行き、窓ごしに会議場を見た。徐々に席が埋まっていく。

「不思議じゃないな」と、ティフラー。「ハルト人はいらだっている。むろん、かれらもイーストサイドに迫る危険を知っていて、行動を望んでいる。長々とした議論は望んでいない。活発に動きたいんだ。襲来するとされるエスタルトゥ艦隊がもたらす危機に対して、できるだけ早く強硬に対処するために」

「それなら、オヴォ・ジャンボルはここにいるべきよ。会議に出ずに、どうやって要求を明らかにできるの？」

ジュリアン・ティフラーは微笑した。「オヴォ・ジャンボルは狡猾《こうかつ》で頭の切れる戦略家だ。登場のタイミングは周到に準備しているさ。ギャラクティカムに一斉軍事行動を要求しても、実現は不可能ではないにせよ、むずかしいのはわかっているはずだ。だから、いちばん効果があるタイミングで登場すると思う。自分の提案が最大の効力を発揮する、まさにそのときに会議にあらわれるだろう」

「だったら、楽しみだわ」と、ニア。

「イーストサイドに迫る脅威について、GOIが探りだした情報を知る銀河評議員は、まだわずかだ。きみも知ってのとおり、シーラ・ロガードには伝わっている。彼女は数名の評議員には伝えたはずだが、全員ではない。シーラはきょうはじめて、われわれが発見したすべてを会議で公表する。シーラの演説は爆弾なみの騒ぎを引き起こすだろう」

「その前にここへくるのかしら。それとも、あとから？」

「前だ。あの情報が絶対に確実かどうか、たしかめようとするはずだ。軽率になにかをする人ではないから」

「だれかが信用できないとわかったら、シーラはほんとうに不機嫌になるかもしれないって聞いたわ」

「そのとおりだよ」ティフラーは同意して、「われわれの情報が正しくないと判明したら、こっぴどく叱られるだろうな」

ティフラーはちいさく笑い、

「だが、心配いらないさ、ニア。すべて、確実だとわかっている」と、クロノグラフを見た。NGZ四四六年四月五日である。「あの情報は、四週間前に入手して、充分に時間をかけて分析してから、ギャラクティカムの緊急会議を招集した。シーラにわたした情報は否定などできないものだ。ソト＝ティグ・イアンはエスタルトゥの永遠の戦士に応援をもとめた。遅かれ早かれ五万隻の宇宙艦が到着する。それが、ギャラクティカムが受け入れるしかない事実だ」

ティフラーはコミュニケーション・スタンドまで行き、装置をオンにした。モニターで各銀河評議員を観察し、言葉を聞きとる。内蔵の記録装置ですべての言葉を保存できるため、なにかを聞き逃す心配はなかった。

「最後には、どうなると思う？」と、ニアがたずねた。

3

キャプテン・アハブは、貨物をおろし、べつの場所へ運ぶ貨物をいくつか受けとったのち、すぐにコズミック・バザールのベルゲンをはなれた。

あらたなコースをとって船が加速すると、キャプテン・アハブはティルゾのキャビンへ行った。

若いブルー族のようすはすっかり変わっていた。

キャプテン・アハブがキャビンのハッチを開けると、リズミカルな音楽の轟音に迎えられた。うるさいが、音量をさげるのは容易ではない。大音響を発する装置とかれとのあいだで、ティルゾがはしゃいで跳びまわっているのだ。縄跳びをしていた。あまりの速さに、《オスファーI》の船長には縄がほとんど見えなかった。

「こんにちは、キャプテン・アハブ！」ティルゾは息を切らして叫び、縄跳びをつづけた。「順調ですか？」

「きみの母親を見つけた」

ブルー族は楽しそうに金切り声をあげる。

「なにをいってるんだか！　母になんかぜんぜん会いたくないって、知ってるくせに」

この話し方はティルゾらしくなかった。一時間前に母親が恋しいと嘆いていたのに、もう忘れたとは、キャプテン・アハブには信じられなかった。

「きみにはだまされたようだな」と、キャプテン・アハブはいった。

ティルゾは縄をつかんでベッドの上に投げた。シャワー室に行って冷たい水を浴びる。うきうきと身震いしてエアジェットでからだを乾かすと、コンビネーションを着用した。

「どうしたんですか、キャプテン・アハブ？　わけのわからないことばかりいって」

「きみが心配だ」

「心配いりませんよ。ほんとによけいなお世話だ」

「一時間前、自分がどんな状態だったか、忘れたのか？」

ティルゾはよく聞こえないかのように皿頭をかたむけた。

「いったいなんの話をしてるんです？」

「きみはすっかり無気力になって、なにがなんでも母親のそばにいたいといったんだ」

「あなたは宇宙癇癪《かんしゃく》でも起こしてるんですよ」

「べつのいい方をすれば、きみは自分になにがあったかすっかり忘れたのだ」

ティルゾは音楽の音量をさげて、

「暑いな」と、意外そうに、「気持ち悪いほど暑い。このリズムはほんとにすごいのに、あなたにはぜんぜん音楽がわからないんですね？」

「音楽の解釈がきみとは違う。聴覚もべつだ」

「ほんとだ！　あなたは老人だから。それですっかり説明がつく」

キャプテン・アハブはなおも冷静だった。若いブルー族を注意深く観察する。短時間で状態がはげしく変わったのに、知らないと主張した。ティルゾは自分をからかっているのか、それとも、べつの理由でだまそうとしているのか、と、自問する。

「はっきりさせよう、ティルゾ」と、キャプテン・アハブ。「われわれはある目的地へとコースをとっていて、そこで重大な任務が待っている。おそらく、いままでこなしてきたなかでも、もっともむずかしいものだ」

「われわれ？」

「いっしょにやるが、肝心なことはきみの肩にかかっている」

「わかりました」ティルゾは軽々と踊るように歩きまわった。音楽のリズムに合わせて指を鳴らす。

「わかったとは思えん。よく聞け。わたしがこれからやろうとしていることは、きみが完全に集中して、どんなことにも気をそらされていないときにのみ成功する」

「わたしは百パーセントまじめですよ」ブルー族はいいはった。

キャプテン・アハブはスピーカーを切り、

「しずかに話すか、話さないか、どちらかだ」と、いった。意図したよりも大きな声が出る。

ティルゾは胸の前で腕を組んだ。ふたたび皿頭をかたむけると、船長をしげしげと見て、

「五分後に食堂で」と、提案する。「衝動洗濯のあとのハルト人みたいに、おなかがすいているんです」

「よかろう。食べながら話そう。五分後だ」

「それで決まりですね。わたしは気をそらされてなんていませんよ。心配いりません。いつも時間には正確なんですから」

ブルー族はキャプテン・アハブをハッチまで送った。数分後に食堂へ行くと、もう一度いって、キャビンの奥に引っこむ。

十分後、ティルゾが食堂にあらわれたとき、キャプテン・アハブはすっかりいらいらしながら待っていた。

「なんてこった、また時間を守りそこねた」ブルー族は芝居じみた嘆息をもらし、もったいぶって皿頭の下を指でなでた。《オスファーI》の船長を前方の目で見て、「感じのいい人たちがたくさん通りかかって、すこし話をしなきゃならなかったんです」

「いいか、違うやり方をすることもできるのだぞ！」キャプテン・アハブは叱りつけた。

「やめてください」ティルゾはため息をついて、「きょうは、そんな話し方には耐えられない」

ストーカーは両手で髭をなでた。強く引っぱりすぎて、編みこんだオーナメントが床に落ちる。

「きみは奇天烈《きてれつ》なブルー族の役を演じるのが好きなのかもしれないが、気にいらん。これっぽっちもだ。もうやめろ！」

「なんて横暴なんだ！　そんな人だとは思いませんでしたよ」

「それなら、真のわたしを知るべきときだ」

「ええと、ベッドにもどります。気分が悪いので。すみません」

ティルゾは立ちあがって去ろうとした。だが、キャプテン・アハブが腕をつかんで引きとめる。

「きみはここにいろ。猿芝居はやめだ！　わたしを笑いものにできると思っているのなら、間違いだ」

「きょうはマッチョな気分なんですね。でも、そんなのは好きじゃないな」

キャプテン・アハブはテーブルに両手を突いた。ブルー族を射るように見て、にわかに理解する。ティルゾはうわの空だ。なにかの影響を受けていて、あるときは孤独感にさいなまれ、あるときは音楽のことしか頭にない浮かれた若者になる。次々にまったくべつの役を演じるよう、強制されているのだ。

「わたしは重大な問題を解決しなければならない、ティルゾ」キャプテン・アハブは、なにごともなかったかのように冷静に話した。「きみぬきではうまくいかない。いまわかったが、きみはなにかの、あるいは、だれかの影響を受けている。それは変えなければならない。そうするには、きみの助けがいる。いますぐに」

ストーカーはパラ露のしずくをテーブルの上に置いた。

ブルー族は理解できずに船長を見た。「これでどうしろっていうんです？」

「それを手にとって、おのれを解放しろ」

「わたしは自由ですよ」ティルゾはしずくをテーブルからかすめとり、立ちあがると、キャプテン・アハブがとめられないうちに去っていった。

＊

ドモ・ソクラトとベンク・モンズは研究ラボをはなれた。これ以上、このかくれ場にいてはならないと確信していた。かれらがここで何度も作業していたことを、カトル・ハルストラクはすぐに探りだすだろう。ラボを調べさせるはずだ。

二名のハルト人は、ななめに上方へ向かうトンネルを駆けあがり、公園に出た。暗くなっていたが、百メートル先に集まった二十名ほどのハルト人が見える。

「われわれの話をしている」ベンク・モンズが低い声でいう。

「あの件は、あっという間にひろまったのだろう」と、ドモ・ソクラト。

ごくゆっくりとトンネル出口やハルト人グループからはなれた。性急に動けば、だれかの目を引くとわかっている。

「あいつらを殺せ！」ハルト人の一名がどなった。声が公園じゅうに響く。「あんなやつらは消さなければならない。われわれの種族全体の面《つら》よごしだ」

ドモ・ソクラトと宇宙考古学者は絶望して考えこんだ。どうすれば名誉を回復できるのか。だが、解決策は思いつけない。カトル・ハルストラクの醜悪な主張に対して、証拠を要求した者はいないようだ。とはいえ、反証を持ちだすのは不可能だろう。

ハルト人グループから身をかくせる建物までたどりつくと、二名はすぐに速く走った。しかし、どこへ行くべきかわからない。

数機のグライダーが上昇して、グラルル上空を飛んでいる。ソクラトたちはすぐに理解した。乗員は自分たちを探している。グライダーは疑う余地のないフォーメーションを組んでいた。

「テレポート・ベルトで姿を消そう」ドモ・ソクラトが決める。「使うと予想されているだろうが。まだここ、ラボの近くでわれわれを探しているのは、驚くべきことだ」

「テルツロックじゅうを探しているのだろう」ベンク・モンズが推測して、「ここだけではない」

それは青天の霹靂《へきれき》のようにはじまった。三つの方角からいくつもの黒い姿が襲ってくる。なにが起きたかわからないうちに、十をこえるこぶしで次々に殴られた。殴打の勢いで飛ばされ、壁の上をこえたが、追っ手からは逃げられなかった。めちゃくちゃに動いて身を守る。分子構造はとうに転換していたが、敵も同じだ。人間には出せない力を発揮して殴りかえしたが、一瞬、息がつけたにすぎない。

「急げ！」ドモ・ソクラトが叫ぶ。「加勢がくる前に、早く逃げなければ」

ベンク・モンズは驚いてからだをまさぐり、

「テレポート・ベルトがない！」と、叫ぶ。

「わたしもだ」ソクラトははっとして気がついた。知らないうちにベルトを引きずりおろされている。

「タマティクのラボにシャフトがある！」ソクラトは宇宙考古学者に叫んだ。モンズは理解する。複数のラボが地下にあり、そのいくつかは格子《こうし》で保護された通気シャフトをそなえている。ソクラトのいうラボは、かれらの真下に位置していて、すぐそばにシャフトもあるはずだった。

ドモ・ソクラトが四名の攻撃者を殴りつづけていると、がたんという音が聞こえた。

即座にベンク・モンズが地下へ消える。シャフトを見つけて、唯一といえる逃走経路に入ったのだ。

「あいつを捕まえろ!」力強い声がどなる。「種族の面よごしを捕まえろ。絶対に逃すな」

ドモ・ソクラトは身を最大限に伸ばした。何度も踵をめぐらし、敵との距離をつくる。大ジャンプでシャフトへ急ぎ、たどりつくと、瞬時に深みへ落ちていった。三十メートルほど落下したのち、曲がった鉄筋に激突して、からだの下で文字どおり粉砕、宇宙考古学者にわきへ引きよせられた。

「転送機へ」ベンク・モンズがせかす。「すでに作動させた」

ドモ・ソクラトは見た。宇宙考古学者が装甲プラストの壁を突き破ってラボに入り、何週間も根をつめた研究成果を破壊するのを。すべての苦労はむだになってしまった。

ラボの奥に転送機がある。二名はそこに入り、数千キロメートルはなれた山中のラボへ送りだされた。同時にベンク・モンズがシントロニクスを調整し、追っ手が自分たちの逃げた先を追跡できないようにした。

かれらは、ある建物内に出た。外を明るい恒星光が照らしている。窓の前には雪と氷の山がそびえ、ゆるやかな風が雪の結晶の塊りを窓から落としていた。

ドモ・ソクラトは窓のひとつに近づいて外を見た。急峻《きゅうしゅん》な山にかこまれた細長い谷が目に入る。谷底では大きな森が雪や氷にあらがっていた。

「ここはどこだ？」ソクラトがたずねる。

「トラファン・トルフェオンの家だ」宇宙考古学者が応じる。「わたしの旧友で、歴史家で物理学者で、道徳を重んじる者だ。われわれを助けてくれるにちがいない」

「どこにいる？」

「この家のどこかにいるはずだ。探してみよう。トラファン・トルフェオンは四十年以上、この山に住んでいる。ここに住みついて以来、この谷をはなれていないのだ」

「それで、この谷の位置は？」

「グラルルの北、標高は八千メートルほど」

二名は家のなかを歩きまわった。驚くほどひろい家だが、宇宙考古学者の友は見つからない。

「外にいるのだろう」ベンク・モンズは驚いて、「ときどき氷のなかに出ていって、登山をしている。体形を維持するために必要なのだそうで」

「出かけているのは、いいことかもしれない」と、ドモ・ソクラト。「われわれについてカトル・ハルストラクがいいふらした、悪口雑言《あっこうぞうごん》のニュースを聞いていないだろうから」

山の斜面でトラファン性トルフェオンの黒い姿を発見した。家にもどってきているようだ。氷でおおわれた山に登ってきたのだろう。

二名は寒い外へ出ていって、待った。寒風にさらされるのは心地よく、冷静になれた。

トラファン・トルフェオンは、なみはずれて背が低く、弱々しくさえ見えるハルト人だった。氷河をこえて歩いても疲労していないようだ。赤く光るちいさな目で二名を見る。

「よくここへこられたものだな？」トルフェオンは火山の深みからきたような声でいった。

「あなたはわが友だ」宇宙考古学者が応じる。

「もはや友ではない」トラファン・トルフェオンはとりつく島もなく拒絶した。

「ならば、あなたも聞いたのだな？」

「そのとおり。それで、外の新鮮な空気を吸いにいった。押しつぶされそうな不快感を追いはらうために」

「カトル・ハルストラクの発言は事実なのかと、訊かないのですか？」

「あなたはカトル・ハルストラクを知らない。かれは〝前進主義者〟のリーダーで、非の打ちどころがない。真実についての本を書いていて、その言葉を疑う理由がないのだ」

トルフェオンは強い反感と憎悪のこもった目で二名を見た。二名が感染力の強い病気にかかっているかのように。

「わたしの家から出ていってもらいたい！」と、もとめる。「よけいな苦労はさせないでほしい」

「われわれはグラルルのピラミッドに入った」ベンク・モンズが説明した。「ピラミッドの秘密に迫ろうとしたが、引きかえすしかなかった。そのとき〝前進主義者〟の手に落ちて、乱闘になったのだ。これまで以上の、さらに多くのハルト人やグラドがあのピラミッドに入ることを、かれらがなにがなんでも阻止しようとしたから。いまのところ、あのピラミッドから生還したのはわれわれだけだ。ほかの者はみな姿を消している。だから〝前進主義者〟は恐れたのだ。これ以上ピラミッドに挑戦する者が出れば、われわれの種族は滅びてしまうと」

トラファン・トルフェオンはドアを開けて家に入った。ドモ・ソクラトや宇宙考古学者がついてきているかどうか、気にしていないようだ。ソファに身をうずめて、四本の腕を胸の前で組むと、虚空を見あげる。

にわかに転送機で光が点滅した。ドモ・ソクラトとベンク・モンズは隣室へ急いだ。ドアは閉めない。トラファン・トルフェオンの外界との唯一の接点である転送機から、だれかが出てくる音がした。テレポート・ベルトでここまでくるのは不可能だった。トルフェオンが谷を独占するためにシントロン性プシオン封鎖をほどこしていて、テレポート・ベルトの一度のジャンプでここにくることはできないのだ。

「かれらはどこだ?」

カトル・ハルストラクの声である。

数秒が経過して、トラファン・トルフェオンが返事をした。

「もうここにはいません。あのような連中が必要以上にわが家にとどまることを、わたしが許すとは思っておられませんな? すでに、かれらのことは追いだしました。即刻、あなたに退出をお願いするのと同じように」

「あなたの家を調べさせていただく」

トラファン・トルフェオンは笑った。火山が噴火するごとく、

「やってみるといい」と、叫ぶ。「二分後には死んでおられましょう」

「ならば、あの二名はここにいるのですな」

「とっくに出ていった。だが、わが家の名誉がけがされるのを許すわけにはいかない。何者であろうと、わたしの許可なくこの家を見てまわってはならない。それでもやろうとすれば、命を落とすことになる。おわかりいただけるといいのだが」

「わかりました。あの二名はどこへ逃げましたか?」

「知りません。かれらが転送機を調整して、どこへ送りだされたのか、わたしにはわからないようにした。これはほんとうのことです」

「あの二名を見つけなければならない」カトル・ハルストラクが宣言する。「きょうじ

ゅうに。裁判所に突きだすのだ」

隣室の二名のハルト人は足音を聞いた。転送機が作動する。

「どうぞこちらへ」トラファン・トルフェオンがいった。「かれはいなくなった」

ためらいながら、ドモ・ソクラトとベンク・モンズは大きな部屋にもどった。

「あなたはわれわれのことを黙っていた」と、宇宙考古学者。「なぜだ？」

「いや。よく考えたのだ。カトル・ハルストラクは、かつてのようではなくなっていた。悪いほうに変わっている。以前はけっして、あのように突然わたしの家へきて、あんなふうに話したりはしなかった。だから、あなたがたの言葉をよく考えてみた」

「それで？」

「あなたがたは話していた。グラルルのピラミッドから生還したのは、自分たちだけだと」

「そのとおりだ」と、ドモ・ソクラトが同意する。

トラファン・トルフェオンは奇妙な目で二名を見た。首を横に振って、

「いや、それは違う」と、反論した。「あなたがたには、同じくピラミッドに入って帰還した、ある者と話をしていただきたい」

ドモ・ソクラトと宇宙考古学者は驚きのあまり返事をすることができなかった。生還した者のことは、はじめて聞いた。自分たちよりピラミッドにくわしい者がいるとは、

予想もしていなかった。

トラファン・トルフェオンは、シントロニクスへ急ぎ、いくつか言葉をかわした。数秒後、光が点滅。かれは転送機まで行って、プログラミングをほどこす。

「さあ、行かれるといい」と、トルフェオン。「アケ・ガクラルが迎えてくれるだろう。了解したと、たったいま合図がきた」

そういって、ドモ・ソクラトとベンク・モンズを転送機に押しやり、友情のこもった別れのしぐさをした。

「あなたがほんとうに友のところへ送ってくれるといいのだが」と、宇宙考古学者。

「わたしは裏切り者ではない」トルフェオンは強くいって、モンズを転送機に押しやった。

「かれを許してやってほしい」と、ドモ・ソクラト。「すこし神経にこたえたのだろう」

ソクラトは宇宙考古学者のあとにつづき、ほどなく、島にそびえる岩上の透明ドームのなかにいた。島は嵐で荒れる湖のまんなかにある。ドモ・ソクラトは、泡立つしぶきが岩壁の上まであがるのを見た。

驚いて気がついた。ドームにいるのは自分だけである。ベンク・モンズはすでにガラスのような透明トンネルを通り、同じく透明なドーム状建物に入っていた。あそこに、話すようにいわれた謎のハルト人が住んでいるのだろう。

ドモ・ソクラトは宇宙考古学者を追ってトンネルを通った。

アケ・ガクラルは、予想とはまったく違っていた。きわめて高齢に見える。三千歳をはるかにこえているかのようだ。生彩なく、ぐったりと反重力ベッドに横たわっている。高価なベッドは透明な壁の前に浮き、ガクラルはゆったりと水面《みなも》を見おろせるようになっていた。

だが、ドモ・ソクラトが驚いたのは年齢だけではなかった。アケ・ガクラルには、目がふたつしかなかったのだ。そのうえ目は赤ではなく、輝くようなブルーだった。高齢のハルト人が口を開いたが、歯は四本しかない。上に二本、下に二本。グレイになってひびが入り、ほんのすこしの力でばらばらに折れてしまいそうだ。

ベンク・モンズはドモ・ソクラトを見た。なぜここにいるのかわからないと、伝えようとするかのように。この高齢のハルト人から価値のある情報が得られるとは思えなかった。かれがここ十五年のうちにグラルルのピラミッドへ入れたはずはない。そうするには年をとりすぎている。それ以前には、ピラミッドは存在しなかったのだ。

「そろそろ、おちついていただきたい」アケ・ガクラルがもとめる。「すわって聞いてください。信じられないようなことをお伝えしなければ。だが、純然たる事実なのです」

4

「いつピラミッドに入ったのですか？」アケ・ガクラルといくつかあたりさわりのない話をしたのち、ドモ・ソクラトがたずねた。高齢のハルト人は、きわめてまわりくどい話し方をした。ほんとうに重要なことを語りはじめるまで、信じられないほど長い時間がかかったのだ。

「どうやら、がまんできなくなったようですな」と、アケ・ガクラルが応じる。「わかりました。理解できる。しかし、その問いに答える前に、わたしのほうからひとつおたずねしたい。わたしは何歳だとお思いか？」

ドモ・ソクラトとベンク・モンズは気まずい思いをした。ハルト人に年齢をたずねるのは、少々失礼なこととされている。さらに無礼なのは、自分からこのように問いかけることだ。

「まあいい」と、アケ・ガクラル。「とまどわせてしまったようだ。だが、いまは礼節の正しいルールを破るだけの充分な理由があるのです。わたしはちょうど千二百歳だ。

「驚きましたかな？」

「そのとおりといっていいかと」と、ドモ・ソクラトは応じた。話し相手の思考力を疑っていた。ガクラルはもっと高齢にちがいない。

「グラルルのピラミッドに入ったとき、時間の罠にかかったのです」アケ・ガクラルが説明した。「そこに入りこんだとき、わたしは若く、活力があった。だが、ようやく解放されてみると、このような姿になっていました。老化して衰弱し、三千歳以上になったように感じた」

ドモ・ソクラトと宇宙考古学者は、アケ・ガクラルに先ほどすすめられたソファに身を沈めた。急に高齢のハルト人を見る目が変わり、疑ったおのれを責めた。罠にかかったのだと、気づいてもよかったはずだ。

「どうぞ先をつづけてください」ドモ・ソクラトは震撼《しんかん》していた。ぎょっとして考えたのだ。自分とベンク・モンズも、このハルト人のような目にあっていたかもしれないと。

「わたしは老化のショックに耐えて、ピラミッドの中心まで行った」と、アケ・ガクラル。「信じられないことだが、事実だ。わたしはやった。そこでわかったのは、ピラミッドにはふたつの機能があることだ。第一は、テレポート・システムのシントロン地上ステーション」

「それで、第二は？」

「第二は、おそらく隔離バリアのプロジェクターだ。わたしはプロジェクター以外には考えられない装置を見た。しかし、定かではない」

「なぜピラミッドに入った者はもどらないのでしょう？」ドモ・ソクラトがたずねる。

「われわれだけを例外として」

「その理由は、スティギアンがつくったさらなる機能のためだ」アケ・ガクラルがつづける。「ピラミッドの中心にたどりついた者は、テレポート・システムで隔離バリア外の静止衛星に送りだされる。このきびしいテストに合格することで、ウパニシャド教育を受けてソト艦隊にくわわる権利を得るのだ」

「もしそれを拒否したら？」宇宙考古学者がたずねる。

「拒否すれば、抹殺される」と、高齢のハルト人。「わたしもその寸前まで行った。エアロックを通って宇宙空間へ行くよう、ロボットに要求されたのだ。だが、最後の数秒で脱出に成功した。これほど高齢のハルト人がまだ抵抗できるとは、だれも考えていなかったのだろう。わたしはテレポートでテルツロックにもどり、すべての罠を避けることができた。ピラミッドを出て、ここまで逃げた」

「つまり、あなたはすべての罠を説明できるのですか？」ベンク・モンズがたずねた。

「確実に、九十パーセント以上の罠について話せるはずだ。だが、残念ながらすべてではない。あのピラミッドは静止したものではなく、変化しつづけるダイナミックなものなのです」

「つまり、罠はいつも同じではないと？」ドモ・ソクラトがたずねる。

「そうです。場所がずれて、変化する。数分前に克服したものが、また同じ位置にあるとは断言できない。つねに同じ反応をするかも定かではない。ほんとうに悪魔じみたシステムで、克服できるのは最良の者だけだ」

「それでも、手助けにはなりそうだ」ドモ・ソクラトは満足して、「あなたの協力があれば、罠のふたつにひとつは回避できるだろう。大きな利点になる」

「つまり、ピラミッドにもどるつもりなのですな？」

「われわれはかたく決意している。それに、ここテルツロックにいても未来はなさそうだ。とほうもない罪を着せられてしまった」

「わかっています」と、アケ・ガクラルは微笑した。

ドモ・ソクラトは、ほとんど歯のない口を見てぞっとした。

「われわれに着せられた罪はでたらめだ。まったくの嘘です」

「わかっています」アケ・ガクラルはくりかえして、ブルーの目を輝かせた。

「それなら、トラファン・トルフェオンと話したのですな？」

「話しました。だが、その前からわかっていた」

この謎めいたコメントが別れの言葉になった。反重力ベッドが浮遊して、部屋を出ていく。

客たちが追おうとすると、ガクラルは拒絶するように手をあげて、数時間休ませてほしいとたのんだ。

「疲れました。眠らなければ」

ドモ・ソクラトはドームが震えるほど強く手を打ちあわせて、

「何者かが、われわれをからかっているのだろう」と、推測を口にした。

＊

キャプテン・アハブは、船内のだれもが望むときに教育を受けられる、シントロン学習室でティルゾを見つけた。

「そこでなにをしている？」と、たずねたが、思ったよりすこしきつい口調になった。

「わたしの種族の歴史を学んでるんです」ブルー族が応じる。「ほんとうにおもしろいんですよ。知ってました？　テラナーとはじめて遭遇したとき、七百年も前から宇宙物理学者はいて、出会いの詳細をすべて予言してたんですからね？」

「知らなかった」と、キャプテン・アハブ。若者のそばにすわる。「あまり重要なことでもない」

「あまり重要ではない？　ものすごく重要だと思いますよ。純粋な科学的手法では説明できないことがあるという証拠なんですから」

「そんなことは昔からわかっている。新しいことではない」

「あなたにとってはそうかもしれません。でも、わたしには新しいんです。それに、あなたとはまったく違う見方をしています。こういうブルー族のエゴ問題に興味があるので」

「エゴ問題とはなんだ？」

「ほんとうに知りたいんですか？」

「そうでなければ訊いたりはしない」

ティルゾは立ちあがった。

「いや、そんなことはないな。だまされませんよ。望んでいることをわたしにやらせるために、まるめこもうっていうんでしょう。わたしがしていることは退屈なはずです。あなたの計画には合わないから」

「きみのいうとおりかもしれない。それでもエゴ問題とはなにか、説明してくれ」

「いいでしょう」ティルゾはすわりなおした。言葉に重みをつけようと、誓うように両手をあげる。「こう考えてみてください。あなたはいきなり、未来の特定の一部分を見ることができるようになった。その内容をほかの人に伝えたいと思っている」

「そんなことはできない。もしそうすれば、わたしの意志に沿って未来に影響をあたえ、未来の蓋然性を変えることになる。もし未来がどうなるかをだれかに話せば……つねに、わたしがそれをほんとうに知っていることが前提になるが……そのだれかに反応をさせてしまう。かれらは特定の出来ごとを防ごうとしたり、ポジティヴに思えることへの影響力を増大させようとしたりするはずだ。このすべては未来を変えることにつながる。つまり、わたしが予知したようにはならない」

「それがエゴ問題です」ティルゾは満足して同意した。「わたし自身のことも、わたしが知っていることも、わたしの望むように話すことはできない。わたしの知識が正しいという証拠をみずから壊してしまうから」

「それが気になっているのか？」

「すごく」

「話してくれ」

「ときどき未来が見える気がするんです。前には絶対にできなかった。外宇宙になにかの生物がいて、精神の次元でわたしとコンタクトをとり、前にはかくされていた世界を開いてくれる、そんな感じで」

「どちらかといえばわたしは、きみの頭がしっかり働かなくなったのでは、という気がしているが」

ティルゾは笑った。「それでショックを受けたんですね？」

キャプテン・アハブはしげしげとブルー族を見た。船長の顔には微笑の気配もない。ティルゾは話し相手の葛藤のはげしさに驚いて、真剣な顔をした。

「もしかしたらほんとうに、きみとメンタル・コンタクトをとり、きみの人格の一部になろうとしている勢力がどこかに存在するのかもしれない。もしそうなら、きみは断固として身を守るべきで、いまやっているように、考えなしにその勢力におのれを開くべきではない。きみは負けるかもしれない。そうなってからでは遅いのだ」

「わたしがだれかに乗っとられるのではないかと、心配なんですか？」

「そのようなものだ。どんなことがあろうと、そのようなことは起きてはならない。ブルー族のティルゾには、あしたもいてもらいたいからな」

「ありがとうございます！」と、ティルゾは返事をした。好意の証拠に触れて、感動していた。

「さっき説明しようとしたのだが、むずかしい任務が待っている」

「すみません、アハブ。聞いていませんでした」

「だからもう一度、説明しようとしている」

「なにをするつもりなんですか？」

「われわれが向かうのは、ビッグ・プラネット、あるいはテルツロック……惑星の名前はどうでもいいが」

ブルー族の目が大きくなった。

「ドモ・ソクラトを解放するつもりなんですか？」

「まさにそのつもりだ」

「でも、無理でしょう。ビッグ・プラネットは通過できない隔離バリアでつつまれている。ソト＝ティグ・イアンが、あそこであなたをぼこぼ……」ティルゾは、はっとして咳ばらいをした。「だから、あなたがあそこで後継者と戦ってから」

キャプテン・アハブは目を閉じて、手で顔をぬぐった。はてしなくうんざりしたかのように。

敗北の棘はまだ深く刺さっているのだと、ティルゾは気がついた。目の前のマスクにかくれたストーカーは、復讐を望んでいる。ソト＝ティグ・イアンとふたたび戦うために、手中にあるものすべてを投入するつもりなのだ。なによりも頭にあるのは、みずからの後継者を殺すことである。

あの決闘ののち、ストーカーはタフンで治療を受けた。だが、完全に回復するまでの長い時間を耐えることはできなかった。そのために、早い時期にクリニックから脱出したのだった。

ストーカーは縮み、プシ・プレッサーも所持していない。腰のS字カーブは三つのこぶで埋まり、右肩は左肩より大きく下にさがっている。右の眼窩《がんか》は三角形ではなく円形で、視線が硬直した目は眼窩からすこし飛びだしていた。足は奇妙にねじれ、カニのような横歩きしかできなかった。だが、怪力は以前と変わらず、相手がだれであろうと、ほぼ無敵だった。

ストーカーは最新医療で完全に回復できるはずだと、ティルゾは考えていた。だが、ストーカーはそれを望まなかった。自分の新しい姿を象徴とみなしているのだ。これまでの道をはなれて、あらたな道を歩めとしめすシンボルだと。以前は戦士かつ陰謀の達人だったが、いまはなによりも陰謀の達人で、例外的な場面でのみ戦う。生物学的に生きているマスクは完璧だった。事情を知らない者なら、このなかにストーカーのような者がいるとは思いもしないだろう。

「そうだ」と、《オスファーI》の船長はいった。「ビッグ・プラネットは隔離バリアでつつまれている。問題はそれだ。ドモ・ソクラトを解放したければ、あれを克服する必要がある」

「でも、それは無理です」

「計画がある」キャプテン・アハブが応じる。考えこみながら、火のように赤い髭をなでた。「いいか、ビッグ・プラネットにはピラミッドがふたつあり、どちらもテレポート・システムと関係がある」

「はい、それは知っています」

「きみはディアパスだ、ティルゾ」

「はい、そうです。でも、それがなんの関係があるんです？」

「ディアパスのきみは、プシオン性エネルギー・ラインを見たり、聞きとったりできる。感覚を別次元に伸ばすことができる」

「はい、そのとおりです」

「ビッグ・プラネットのそばに到達したらすぐに、テレポート・システムのプシ・ネットを探り、ドモ・ソクラトのテレポート・コードを発見しろ」

ティルゾは仰天してソファに身をうずめた。

「なにを要求してるのか、わかってるんですか？　テレポート・システムのプシ・ネットには、何千というコードが保存されているはず。よりによってわたしがドモ・ソクラトのコードを見つけられるなんて、なんでそんなことを思いついたんですか？」

「集中と意志の問題だ。おまえならできる、ティルゾ」

「ドモ・ソクラトがテレポート・ベルトを持っていて、ベルトを介して連絡がとれるって、本気で考えてるんですか？」

「本気だ、ティルゾ」キャプテン・アハブは微笑して、「ドモ・ソクラトのことはよくわかっている。絶対にテレポート・ベルトを勝ちとっている」

「いつテルツ＝トス星系に着くんです？」

「十時間後だ」

＊

「カトル・ハルストラクが嘘をついたと、なぜアケ・ガクラルは前もって知っていたのだろうか？」ドモ・ソクラトがたずねた。湖に目をやる。けさはすっかり凪《な》いで、昇りつつある恒星が、鉛のようなグリーンがかった水面に反射していた。

「なぜ、前もって知っていた？」ソクラトはくりかえして、ベンク・モンズに向きなおった。「われわれのことは知らなかったのに」

「だが、もしかしたら、〝前進主義者〟のリーダー、カトル・ハルストラクのことは知っていたのかもしれない。以前から関係があったのではないか？　それならいくつか説明がつく」

ドモ・ソクラトはそっけなく背を向けた。シートまで歩いていってすわり、

「いや、それでは納得できない。背後に、もっとなにかがある」

「そのとおりです」と、アケ・ガクラルがいった。反重力ベッドで音もなく近づいてきていたのだ。

ドモ・ソクラトと宇宙考古学者は驚いて振りかえった。高齢のハルト人が朝のこれほど早い時間にあらわれるとは、予想もしていなかった。

「なんといわれたのか？」ドモ・ソクラトは訊きかえした。「背後になにがあると？」

「ピラミッドに入ったとき、わたしは単身ではありませんでした」アケ・ガクラルが説明する。「友が一名、同行していて、わたしと同じように罠にかかったのです。わたしはすくなくとも二千歳老化したが、脱出できた。しかし、友はまだあのなかにいる。助けだそうとやってみたが、うまくいかなかった」

「わかりました」と、ベンク・モンズ。

「ばかな！」高齢のハルト人は荒い息をして、朝食の果実を口に押しこんだ。「あなたはなにもわかっていない」

「わかると思います。われわれに、ピラミッドに行って罠から友を解放してほしいのでしょう」

「あなたは、ほんとうになにもわかっていない、どうしようもないおろか者だ！　解放してもらいたいのではない。おそらく不可能だ」

「ならば、なにを望んでいるのです？」ドモ・ソクラトは混乱してたずねた。高齢のハルト人がなにを考えているのか、宇宙考古学者ともども理解できない。

「望んでいるのは、わたしではなく友だ。あらゆる想像力をこえる苦痛を味わっていて、死にたがっている。だれかがきて、苦痛を終わらせてくれるのを待っているのです」

ドモ・ソクラトとベンク・モンズはぞっとして高齢のハルト人を見た。

「友のヘンケ・トールは、衝動洗濯の研究者でした。驚くべき集中力と努力で、かれの前にはどんなハルト人にもできなかったことを達成した。弱いテレパシー能力を身につけて、ときおり情報を伝えてくれるのです。あなたがたがピラミッドに入ったとき、友は見ていた。〝前進主義者〟のリーダーとの遭遇も。友から知ったのです。罪とされたことはすべて嘘で、なんの根拠もないと」

「あなたの友は、ピラミッドのどこにいるのです？」

「中心のすぐそばです」高齢のハルト人は答えた。「まさに悪魔じみた罠にかかっている。はげしい身体的苦痛にさらされているだけでなく、時間の流れも遅くなる罠だ」

「つまり、苦痛はよけいにひどくなる」ベンク・モンズが嫌悪もあらわに、「自分の力を見せつけるためだけにそのような拷問システムを考えつく者は、どのような化け物なのだ？」

「だれなのか、あなたは知っているはずだ」と、アケ・ガクラルが応じる。

「もちろんです！」

「それでは、ピラミッドに行って友の苦痛を終わらせてくれますか？」

「それがどれほどむずかしいか、あなたはわかっているはずだ。カトル・ハルストラクとその支持者である〝前進主義者〟たちがピラミッドを封鎖していて、われわれが入るのを阻止するつもりだ。そのうえ、われわれは公衆の面前に出ることができない。カトル・ハルストラクに着せられた罪のせいで、だれもが襲ってくることだろう。現状ではピラミッドに入れる見こみはほとんどない」と、ドモ・ソクラトが懸念を口にした。

「わたしが手助けしよう」高齢のハルト人は約束した。「ただし、かんたんではなかろう。カトル・ハルストラクはさらに手をひろげているはずだ」

ガクラルは手をひとつあげて、一スクリーンを点灯させた、

「これは、けさのニュースの録画です」と、説明する。「あなたがたにとって重要な部分だけをお見せしよう」

ハルト人の法曹界のマークがあらわれた。

「ホスモルト伝統裁判所が、カトル・ハルストラクの訴えを受け、宇宙考古学者ベンク・モンズとドモ・ソクラトに対して、反倫理的行為で有罪判決をくだしました。二名の有罪者は、二十八時間以内にみずから死を選ぶよう要求されています」

ドモ・ソクラトとベンク・モンズは言葉を失った。

「カトル・ハルストラクはとどまるところを知らない」アケ・ガクラルが断言した。

「あなたがたを破滅させることにしたのだ」

ドモ・ソクラトは、にわかにメンタルの声を聞いたような気がした。はるか遠くからきている。名状しがたい苦痛のようなものを帯びていた。ソクラトは目を閉じた。ヘンケ・トールが目の前に見えるような気がした。アケ・ガクラルの友は、フォーム・エネ

ルギー製構造物の錯綜に捕らえられ、逃げられずにいる。

「ピラミッドに行ってください。友を解放してほしい」高齢のハルト人はもとめた。

「それで、カトル・ハルストラクは？」ベンク・モンズは怒りをこめて訊いた。「なんの罰もなく逃がすつもりですか？　わたしの名誉に泥を塗ったのだ。なにもなかったかのようにピラミッドへ行くわけにはいかない」

「わたしにまかせていただきたい」と、アケ・ガクラル。「わたしが手をまわしましょう。訴訟手続きをします。そこで、カトル・ハルストラクがひろめたのは嘘以外のなにものでもないと証明する」

「どうすればそんなことができるのです？」

「できます。やってみせましょう。やむなくば、あなたがたに有利な証言をする目撃者を数名引っぱりだしてみせます」

「金で雇った目撃者？」

「ほかに方法はないでしょう」

「〝前進主義者〟に対しては、かれら自身の武器で攻撃するのがいちばんいいのかもしれない」と、ドモ・ソクラト。「名誉回復はアケ・ガクラルにまかせよう。ガクラルが手をまわしているあいだに、われわれはピラミッドに侵入する」

ベンク・モンズがとめるように手をあげた。「〝前進主義者〟がピラミッドのまわりに封鎖線を敷いたこと、忘れているのではないか？　通りぬけられまい。伝統裁判所の有罪判決のあとだ。強力な武器まで投入したとしても、責任は問われないのだから」

「テレポート・ベルトを使ってピラミッドまで行けるだろうが」と、高齢のハルト人。

「それも予想されているはずだ。かれらはシントロン・コードを知っていて、阻害できるし、消すこともできる。そうするとテレポート・ベルトはプログラムがきかなくなるか、まったく機能しなくなってしまう。だから、テレポート・ベルトはあきらめてグライダーで出発しましょう。わたしが機体を操縦して、あなたがたはピラミッドの入口前に飛びおりる。充分に迅速に行動すれば、虚をつけよう。なにが起きたのか〝前進主義者〟が把握する前に、あなたがたはピラミッドに入っている」

5

「どうしたんですか？」ティルゾがたずねる。「なぜ航行を中断するんです？　さっき話してから二時間しかたってないのに、もうテルツ＝トス星系に着いたなんて、ありえませんよね」

キャプテン・アハブが自分のキャビン前を通りかかったとき、ティルゾは船長を捕まえようとした。だが、立ちどまらないので、転子《ころ》状船のなかほどにある大型格納庫までついていく。

「まだ着いていない」と、キャプテン・アハブが応じる。

「それじゃ、なんでとまってるんです？」

「とまってはいない。われわれはまだ秒速十二万キロメートルで宇宙空間を移動中だ」

「どういうことですか？」ブルー族はたずねた。「なぜわたしの質問に答えないんです？　なにが知りたいのか、ちゃんとわかってるんでしょう」

キャプテン・アハブは大音声で笑った。

「ちょっとした取引をする予定だ」二名は格納庫に入った。ティルゾは髭を生《は》やした三名のテラナーの姿を認める。かれらは宇宙グライダーの乗員で、その船倉から小型コンテナが浮遊して出てくる。

「きっかり千粒のパラ露のしずくだ」と、テラナーのひとりが説明する。目のくぼんだ、長身でいかつい男だ。

ろ座矮小《わいしょう》銀河の闇商人だ、と、ティルゾは考えた。だからキャプテン・アハブは航行を中断したのだ。

「引きかえに、約束どおり高度技術装置を受けとってもらう」ストーカーが応じた。そばの二個の輸送コンテナをさししめし、三名の男たちと握手をして、数分間、話をした。数歩はなれていたので、ティルゾには話の内容はわからなかった。やがて闇商人たちはグライダーにもどり、キャプテン・アハブはロボットにパラ露のしずくを運ばせた。ついで、ティルゾとともに格納庫をはなれる。宇宙グライダーがスタート。

「だれのためのパラ露のしずくなんですか?」自分のキャビンに近づくと、ティルゾがたずねた。

「GOIのためだ」と、キャプテン・アハブが応じる。「いや、ほんとうは〝ビッグ・ブラザー〟のためだ。それにこれは、われわれが調達する量の一部にすぎない。合計で十五トンのパラ露を受けとることになっている」

「ビッグ・ブラザー？　だれなんですか、それは？」

ストーカーは答えなかった。歩きつづけたが、ブルー族がついてきていないことには気がついていないようだった。
＊

コズミック・バザールのベルゲンでは、ギャラクティカムの会議がつづいていた。ジュリアン・ティフラーとニア・セレグリスは、裏でさまざまな銀河評議員と連絡をとり、数人と会談した。そのさい、ブルー族のプリュ＝イトは予想と違う反応をした。

「あんな態度に出るとは思わなかったわ」と、ニア・セレグリス。ブルー族の銀河評議員とふたたび話しあうべく、移動しながら、「どうしてわたしたちを信じないのかしら？」

「わたしにもわからないよ」と、ティフラーが応じる。二名はかくれ場から一会議室につづくせまい通廊を歩いていた。「ソトの予告が頭からはなれないのかもしれない。かんたんには拒めないような贈り物をブルー族にするつもりだと、スティギアンは話していただろう？」

「つまり、贈り物を重視するあまり、自分が代表している種族の安全を忘れたってこと？」

「一般的には、贈り物とは贈られたほうがよろこんで受けとるものだが」と、ティフラー。「プリュ＝イトは、贈り物が災《わざわ》いをもたらすケースもあると、認めたくないようだ」

二名のテラナーは飾り気のないせまい部屋に足を踏み入れた。三名のブルー族がいる。プリュ＝イトと二名の側近がふたりを待っていた。

ジュリアン・ティフラーとニア・セレグリスは、ブルー族たちに挨拶をしてテーブルのそばにすわった。ティフラーとパラチームが探りだした情報の証拠をしめすために。

ソト＝ティグ・イアンがどのような計画を進めているのか、ティフラーがあらためて説明していると、ハルト人の銀河評議員オヴォ・ジャンボルが部屋に入ってきた。巨漢は無言でティフラーのそばを通りすぎ、自分のために用意された特殊シートまで行って、慎重に腰かけた。赤い目が威嚇《いかく》するようにティフラーを見すえる。角質化した唇のはしがゆっくりと後退して、円錐形の歯がならぶ二重歯列があらわになる。

「いつまで、動かずに議論をしているつもりですかな？」ハルト人の喉から声がとどろき、テーブル上のコップを震わせた。ガラスがぶつかりあって鋭い音がする。

「われわれにはなにもできない」プリュ＝イトが反論した。「このテラナーがもたらした情報が正しいかどうかも、わからないというのに」

「そして、われわれが話しに話しているあいだに、永遠の戦士が五万隻の宇宙艦とともに迫ってくる。会議の規則についてこちらの意見が一致する前に、永遠の戦士はギャラクティカムを粉砕するだろう」

「われわれは、行使できるすべての手段をもってギャラクティカムを守る」ブルー族が興奮して金切り声をあげた。

「美辞麗句だ」ハルト人が見くだしたように応じる。

「なにが望みだ？」プリュ＝イトが訊いた。

「行動だ」と、オヴォ・ジャンボル。

ブルー族は振りかえり、燃えるような目でジュリアン・ティフラーを見た。

「自分がなにをしたのか、これでわかっただろう」と、憤然と、「永遠の戦士の侵攻が目前に迫るというあなたの報告がもたらした成果は、ひとつだけだ。ギャラクティカムがまっぷたつに割れた。苦労して築いたギャラクティカム種族間の平和を、揺るがしたのだ。この状況では、一、二の種族がギャラクティカムを去っても、わたしは驚くまい」

オヴォ・ジャンボルが手で強くテーブルをたたいたため、テーブルの天板に深い亀裂がはしった。

「すばらしい意見だ！」ハルト人は大音声を発して、勢いよく立ちあがると、ドアへ急いだ。「よく考えておこう」

ハルト人が出ていってドアが閉まると、プリュ＝イトはぐったりとシートの背にもたれた。

「行動か」と、嘆息する。「説明どおりに攻撃されるかどうかもわからないのに、どうしてなんらかの手が打てる？　ソト＝ティグ・イアンがほんとうに永遠の戦士をわれわれのもとへ送ると、だれがいっているのだ？」

ジュリアン・ティフラーは、ブルー族の銀河評議員がこれほど優柔不断な態度をとるのを、はじめて見た。なぜプリュ＝イトがこちらの情報を疑うのかも、説明がつかない。

ブルー族と側近たちは立ちあがった。

「あとでまた話そう」と、プリュ＝イト。「あなたにはより多くの情報と揺るぎない証拠を用意してもらいたい」

ティフラーとニアだけが部屋にのこされた。黙って物思いにふける。

やがてティフラーが身を起こした。

「もうすこしべつの者に話を聞こう。なぜプリュ＝イトが奇妙な反応をするのか、知る必要がある。もともと決断が早いタイプではないが、きょうのようなかれは見たことがない。時間稼ぎのために交渉を引きのばしているのではないだろうか」

「つまり、決断をくだす前に解決しておきたい問題があるということ？」

「そういう気がする」

「問題になりうることってなにかしら？　個人的なことだと思う？　種族内で銀河評議員のポストをめぐる戦いがある、というのは？　もしかして、地位をねたんで追い落とそうとするほかのブルー族の陰謀に巻きこまれている？」

「ありうるが」と、ティフラーは応じた。「すべて推測だ」


ティフラーは会談のために用意してきた資料をまとめて、手にとると、

「解明しよう。しかも、すぐに。時間切れが迫っている。ブルー族の攪乱《かくらん》攻撃に対処している場合じゃない。よりによってブルー族とは。ソト＝ティグ・イアンを利することになりかねない」

「なによりも、ギャラクティカムを分裂させるわけにはいかないわ」と、ニアがいいそえる。

「そうだ。カタストロフィを招くだろう」

＊

その戦闘グライダーは水面下の格納庫におさまっていた。機体は涙滴形で、外被に隆起や板状の付属物がついている。空気抵抗を大幅にあげるものではないが、探知をきわめて困難にする。

「機内にテレポート・ベルトが二本ある」グライダーに乗りこむと、アケ・ガクラルが

説明した。「むろん、シントロニクスにはなにも入力されていないから、いまはなんの役にもたたない。だが、すべてが変わるかもしれない」

「ありがとうございます！」ドモ・ソクラトは応じた。ほかの二名が通るのを待ち、グライダーのハッチを閉じる。ベンク・モンズとアケ・ガクラルが操縦キャビンに腰をおろすあいだに、ふたたび装備をチェックして忘れものがないか確認した。

アケ・ガクラルがグライダーをロックに入れる。後方ハッチが閉まり、グリーンの水が轟然と入ってきた。機体はゆっくりロックを出る。

ドモ・ソクラトはシートにすわった。

「不可視になれるデフレクター・フィールドをためしてみよう」急速に加速しながらアケ・ガクラルがいう。水面から出て、高度三十メートル弱を東へ疾駆。「ピラミッドのそばに行ければ行けるほどいい。カトル・ハルストラクがわれわれに反応できるまで、数秒はかかろう。いずれにせよ、かれがすぐに対処しなければ手遅れになる」

高齢のハルト人があまりにはげしく笑ったので、二名の同行者は最後の四本の歯が口から落ちるのでは、と、心配になった。

「カトル・ハルストラクはおろか者だ！」すこしおちつくと、ガクラルは叫んだ。

「〝前進主義者〟を名乗っているが、それがなにかさえ知らない。支持者たちは、自分がなにを話しているのかよく考えもせずに、かれの話を吹聴《ふいちょう》する。政治とはそういうものだ。支持者をいったん納得させられれば、長いあいだ確実に忠実でいてもらえる。すでに支持した者は、批判はしない。そうするには考えなければならないから。先に考えた者のあと追いをすると決めた者が、考えようとするだろうか？」

ドモ・ソクラトは周囲を見わたした。山が高くそびえる海岸に接近している。ほかには、グライダーもべつの機体も見あたらない。テルツロックは大きな惑星だが、ここで暮らすハルト人やグラドはごくわずかだ。せまい地域にしか居住していないため、だれにも会わずに何千キロメートルも飛行できる。

グライダーは海岸に到達した。アケ・ガクラルは機体を細長い谷に入れて、千メートル弱の高度を維持。両側の山脈は最大一万二千メートルの高さにそびえ、谷の奥行きは四百キロメートルほど。その向こうに開けるひろびろとした平原に、グラルルのピラミッドがある。

「あとほんの数分」と、アケ・ガクラル。「それでスタート。準備はよろしいか？」

スティギアンの巨大建造物が高さ千メートルで平原からそそり立っている。三つの側面のうち一面が恒星光を受けて輝いていたが、これほど高い建物でも、山脈にくらべればちいさく地味に見える。

通商拠点グラルルの無数の建物はほとんど見えていない。大部分がグラルルをかこむ公園に似た施設の巨木の下にかくれていた。宇宙船がとまっていれば通商拠点は目だったはずだが、いま着陸床には一隻もない。ピラミッドに隣接する倉庫は景色のなかに埋もれている。

アケ・ガクラルがグライダーを降下させて木々の梢ぎりぎりを飛んだ。同時に、何者かに偶然察知されないよう、種々の防御・対探知システムを作動。

ドモ・ソクラトと宇宙考古学者はアケ・ガクラルに別れを告げた。二名が罠に捕らえられたヘンケ・トールを死なせる約束をしたと念押しするのを、ガクラルは忘れなかった。

「トールの望みをかなえよう」ドモ・ソクラトは約束して、ベンク・モンズとともにハッチへ向かい、開けた。

「あと三十秒」高齢のハルト人がどなる。

ハッチわきのハルト人二名は、戦闘スーツの防御バリアを展開した。飛びおりる準備をして、開口部に立つ。

「あと二十秒」

二名のハルト人はからだの分子構造を転換した。こうしてテルコニットのごとくかたい塊りになる。これで猛烈な衝撃を受けても負傷はしない。

「十秒」

猛然とピラミッドに接近している。ドモ・ソクラトはさっと下を見た。建物の屋根ぎりぎりを飛びすさっている。

「ジャンプ！」

ドモ・ソクラトとベンク・モンズはグライダーから落ちていった。高速でピラミッド入口に落下。爆弾のように建物側面を破壊しないよう、反重力で減速する。

エネルギー閃光が周囲でひらめいた。カトル・ハルストラクの支持者が数名、べつの建物から走りでてくる。エネルギー・ブラスターをかまえ、発射したが、あわてたために的をはずす。

そのころすでに、ドモ・ソクラトと宇宙考古学者は着地していた。耳をつんざく轟音とともにピラミッド入口のドアを破る。衛星のシンボルがついた、高さのある鋼製のドアである。

二名は何度ももんどり打ち、通路の奥まで転がった。次のドアの前でとまる。

「かんたんだったな？」と、ドモ・ソクラトは笑った。「あれほど頭をひねったのが理解できないほどだ」

宇宙考古学者は大音声で笑い、

「カトル・ハルストラクは、いまごろ怒りでわれを忘れているだろう」と、応じる。

「おおいに困惑すればいいのだが」ドモ・ソクラトが叫ぶ。「肝心なのは、われわれを追ってこないことだ」

二名は笑いながら手を握りあい、いっしょに立ちあがった。

「では」と、ベンク・モンズ。「出発しよう。今回はうまくいくはずだ」

かれらの〝なか〟で笑い声が響いた。

ベンク・モンズが身を守るように四つの手をあげ、

「いまのはだれだ?」と、押し殺した声でたずねる。

ドモ・ソクラトは寒気《さむけ》をおぼえた。ヘンケ・トールを思いだす。聞こえたのは、かれの笑い声だろうか? 奇妙な笑いだった。愉快なものではなく、むしろ痛みゆえだ。

ドモ・ソクラトは〝前進主義者〟のリーダー、カトル・ハルストラクのことを考えずにいられなかった。ハルストラクの笑い声が聞こえたのか? それと知らずに、罠にはまった? 自分たちがふたたびここへ入ることこそ、ハルストラクの望むところだったのか? 同じ道をたどるのを阻止しようとしてきたのに? こちらの反抗を罰するために、ここへくるよう手をまわした? ピラミッド内の罠をわれわれ以上に知っているというのか?

ドモ・ソクラトはこの思考を追いはらい、ほかのことを考えようとした。だが、うまくいかない。カトル・ハルストラクの罠にはまったという感覚に圧倒される。

「進め!」と、宇宙考古学者が急《せ》かす。「ここにいてはならない。〝前進主義者〟が、われわれを追おうと考えるかもしれない」

二名はドアを通った。背後でドアが閉じて、すこしおちつく。

前方に、虹のあらゆる色に光る階段があった。ゆるい弧を描いて上に向かっている。

ハルト人二名は驚いて目を見合わせた。この階段は、前回ピラミッドに入ったさいには存在しなかった。つまり、恐れていたとおりだ。ピラミッドの罠システムは変化している。

「アケ・ガクラルのアドバイスのうち、せめていくつかは通用するよう、願うしかない」階段をあがりながら宇宙考古学者がいった。せまい踊り場で立ちどまり、先ほどの試みをくりかえす。戦闘スーツの反重力をオンにした。アームバンド装置は〝反重力作動中〟と表示するが、なんの変化もない。足は床からはなれなかった。

「だめだ」ドモ・ソクラトが強くいった。「飛ぶことはできない。歩くしかなさそうだ」

「そのようだな」と、宇宙考古学者。

まもなく、ドモ・ソクラトは赤外線を感受する目で、階段のうちの数段がその前後よりも温度が高いと察知した。

「これも、アケ・ガクラルは話していなかった」と、ベンク・モンズ。「罠にちがいない。だが、どのような？」

ドモ・ソクラトは決めあぐねて立ちどまり、

「ソトはわれわれが温度差を見てとれるのを知っている」と、考えこんだ。「したがって、われわれを狙った罠ではあるまい。グラドの罠だ。かれらは温度差に気がつかない」

「あるいは、われわれハルト人に跳びこえさせようとしているのかもしれない。その先の段で、罠に飛びこむ確率をあげるために」

「まさにそれだ」ドモ・ソクラトは同意した。大ジャンプで温度の高い段に跳びのると、力強く踏みきって次の十段を跳びこした。轟音とともに上の段に着地すると、にわかに下の数段が消えた。不気味な黒い穴が口を開ける。

ドモ・ソクラトはあわてて数段あがり、振りかえった。満足して笑い、円錐の歯がならぶ二重歯列をあらわにする。

「予想どおりだ」と、ソクラト。

「あれ以上欠けなくてよかった。罠に跳びこんでいただろう」ベンク・モンズが愕然としていい、ドモ・ソクラトのあとにつづく。大ジャンプで階段の穴をこえた。

「ガクラルのアドバイスをいくつか活用できれば、いうことはないのだが」階段をさらにあがりながら、ソクラトはうめいた。

かれらのなかで声が響く。恐怖と、名状しがたい驚愕や疲労があらわれた声だ。

〈あわてることはない。すこししか変わっていないのだ。まもなくアドバイスが役にた

つだろう。急いで、もっと速く進んでくれ。わたしはもう耐えられない〉

＊

「実験をはじめなければならない」と、キャプテン・アハブがいった。「テルッ＝トス星系に到達した」

「それはよかったですね」と、ティルゾが応じる。床にうつぶせになって、床材に青い色を基調とした、一ブルー族の絵を描いている。

「わたしの話を聞いているのか？」ストーカーがたずねる。

「いいえ」

キャプテン・アハブは若者の肩をつかんで勢いよく立ちあがらせた。

「ばかなことはやめろ！」と、憤然と命じる。「なにがかかっているのか、忘れているようだな」

「忘れてませんよ」

「それなら自分の任務に集中しろ」

「ずっとやってます」

キャプテン・アハブはめんくらってティルゾを見た。

「なにがいいたい？　まさか、ここで寝て床に絵を描いているあいだに、ドモ・ソクラトを探していたというのか？」

「わたしは自分の芸術作品に集中していました。あなたがその上を歩きまわったりしなかったら、これがきわめて高い要求を満たす作品だって、わかったはずです」

ストーカーは横歩きでソファまで行くと、すわった。すぐに怒りを克服して、冷静になったようだ。

「われわれ、その段階は克服したものと思っていたが、ちび」

「なんの話をしてるのかわかりません」ティルゾは床にもどり、キャプテン・アハブがだめにした絵の修復にかかった。

「つまり、きみに影響をあたえようとした生物のことだ。見たところ成功しているようだ」

ティルゾは驚いてキャプテン・アハブを見た。

「頭は大丈夫ですか？　いったいなんの話をしてるんです？」

ストーカーは冷静さをたもった。正しい道筋を追っていると確信していた。ティルゾの態度がはっきりと裏づけている。

「自分で説明したことを、ぜんぶ忘れたのか？　精神の次元できみとコンタクトをとろうとする生物が、どこかにいると考えていた。きみが抵抗しないせいで、自由になれないのだ」

ティルゾは絵の作業をやめた。立ちあがってベッドにすわる。とまどったようすで目をこすった。

「その生物は、わたしが探すのを望んでいないんです」ブルー族は茫然としながらいって、明らかにばつが悪そうに絵を眺めた。いまになってはじめてその存在に気づいたとでもいうようすで。勢いよく立ちあがると、キャビンのなかを行ったりきたりした。一歩ごとに、影響をあたえる未知者から徐々に解放されていくかのように。

「その生物は、きみがドモ・ソクラトを探すのを望んでいないのか？」キャプテン・アハブがたずねる。「まちがいないか？」

ティルゾは立ちどまった。手を組み、遠くへ目をやって、

「わたしはほんとうに大丈夫です」と、請けあった。「その生物は追いかえしました。奇妙な生物です。いっぽうでは、わたしなしでは生きていけないかのようにコンタクトしようとした。そのいっぽうで、わたしが近づくのを望んでない。いまはまだ」

キャプテン・アハブは決断をくだした。

「その生物にじゃまをさせるわけにはいかない。われわれの計画とはなんの関係もなかろう。無視して、ほんとうに重要なことに集中しろ」

「ドモ・ソクラトですね」

「そのとおり！　船は大幅に減速した。とにかくテルツ＝トス星系に到達して、ゆっくく

り進入している。きみはテルツロックの静止衛星に集中しろ。第一歩は、ドモ・ソクラトのテレポート・ベルトのコードを解明することだ」

「それで、見つけたら？」ティルゾは冗談を飛ばそうとした。「とにかく、見つけることはできるでしょうね」

「やれ、ティルゾ。きみはディアパスだ。プシオン性ネットワークを見ることができる。コードを見つけて、あのハルト人にメッセージを伝えろ」

「どんなメッセージですか？」

「グラルルのピラミッドの中心に行けと。そうすれば解放される見こみがあると」

ティルゾは皿頭をかいた。この計画に懸念があるようだ。

「心配するな」キャプテン・アハブが微笑する。「ドモ・ソクラトは、だれからのメッセージかすぐにわかるだろう。きみがわたしの望む言葉どおりにメッセージを送れば」

「わかりました。やってみます」

ティルゾは、パラトロン保護容器からパラ露のしずくをふた粒とりだすと、ベッドに横たわって目を閉じた。両手をからだの横におろしたが、すぐにあげて皿頭に当てる。

キャプテン・アハブはブルー族から目をはなさなかった。未知生物に抵抗して、あらわれうるすべての障害物をとりのぞく、若者の意志力を感じていた。それからなにが起きるかは、予感することしかできない。

ティルゾのディアパシー感覚がテルツロックの衛星を探り、プシオン性ネットワークにもぐりこんで、もとめる情報を見つけようとする。

だが、ティルゾに予想できるはずはなかった。ドモ・ソクラトのコードが、すでに消去されていようとは。

6

「ハルト人と、はげしい意見の対立が起きていると聞いたのですが」自由テラナー連盟の銀河評議員シーラ・ロガードがいった。彼女はジュリアン・ティフラーとニア・セレグリスの向かいにすわっている。

ブルー族のプリュ＝イトやハルト人のオヴォ・ジャンボルとの会談から、数時間が経過していた。

「ハルト人はいらだっているわ」ニア・セレグリスが応じる。「かれらは行動をもとめていて、できればすぐに攻撃したいと思っている」

「そうでしょうね」と、シーラ・ロガード。グリーンに染めたゆるい巻き毛が均斉のとれた顔にかかっている。彼女は〝コスモポリタン党〟の主導者だった。この党は、テラと自由テラナー連盟をギャラクティカムの一部とみなすテラの政治活動組織で、すべての銀河系種族と同権で密接に協力することを希求し、なによりも宇宙ハンザがギャラクティカムのコントロール下に入ることを望んでいた。この党の目的はおおむね達成されている。シーラ・ロガードのイメージどおりではないとしても。

「今回は、ハルト人が自重できるとは思えない」ジュリアン・ティフラーがいいそえる。

「かれらの忍耐力は擦りきれかけているようだ」

「あなたたちが入手した情報には感謝しています」と、シーラ・ロガード。「いい仕事をしてくれました」

「ありがとう！」ニア・セレグリスは探るように銀河評議員を見た。手ばなしの賞讃ではないとわかっている。

「これでよしとしましょう」シーラ・ロガードが強くつづけた。

「なにがいいたいの？」と、ニアがたずねる。

「これ以降はわれわれの問題です」銀河評議員は冷淡にいった。「あなたたちは自分の任務をかたづけた。よくやってくれましたわ。ここからはギャラクティカムがすべての決定をくだすことになる。ですから、委員会の政治決定に影響をあたえたりしないよう、断固として警告しておきます」

「でも、シーラ！」ニア・セレグリスが興奮して、「ギャラクティカムがどんな決定をくだすべきなのか、疑いの余地はないでしょう。ソト＝ティグ・イアンは、五万隻の艦船をひきいる永遠の戦士をわたしたちのもとへ送りつけようとしている。銀河系で星間戦争を引き起こすつもりなのよ。それはわたしたち全員が理解している。この状況では団結するしかないでしょう」

「あら、団結してますよ」と、シーラ・ロガードが応じる。「ギャラクティカムは、あなたたちが入手した情報と避けられない帰結について、いまも議論しています。大規模で、それぞれの利益を追求する多様な者たちがそろった委員会がね。決定するのはギャラクティカムです。あなたたちではなく。あなたたちの任務は完了した。でも、それを認めようとしていないようですから、ただちにベルゲンをはなれるよう要求します」

ニア・セレグリスは憤然と唇を引き結んだ。銀河評議員から目をそらす。

「消えることにするよ」ジュリアン・ティフラーが返事をした。ニアよりはるかに肩の力が抜けたようすで、「ただ、もう数時間かかるだろう」

「そのあいだに、どの銀河評議員とも会わないでください」シーラ・ロガードがもとめる。「そもそも、決断をくだすべき者がいるとするなら、それはあなたたちではなく、地球の人類です。やむをえなければ緊急投票をする。それでいいですか？」

「もちろんよ！」と、ニア・セレグリス。

「それはよかった」銀河評議員は部屋を出ようと立ちあがった。「理解してもらえないのではないかと、心配していたから。重要な情報を持つと考えている者から、評議会が軽視されている状態で、どうすればうまくいくというのです？」

シーラは微笑して出ていった。その態度から、どんなことがあろうと決めた意見は曲げないとわかる。

ニア・セレグリスはどうにか怒りをおさえて見送った。ドアが閉まると、勢いよく立ちあがって、

「もう、できるんだったらシーラを……！」と、うめいた。

ジュリアン・ティフラーは微笑した。

「なにを興奮しているんだい、ニア？　シーラは正しいよ」

「正しい？」

「もちろんさ。われわれはせいぜいのところアドバイザーだ。決定をくだすのはギャラクティカムだよ」

「それなら、ここから消えるつもりなの？　あっさりと？　やるべきことの途中で？　これといった成果もなく？」

ジュリアン・ティフラーはふたたび微笑して、

「そうはいっていないさ。ここを去る前に助言をしておきたい者がいる」

と、新しくなったテーブルの表面に両手をしずかに滑らせた。

＊

トンネルにたどりつくと、ドモ・ソクラトはためらいがちに立ちどまった。丸天井の

壁がたえず色を変えて光っている。この区間は、脈動する命で満たされているかのようだ。

「これについて、アケ・ガクラルはなにも話していなかった」と、ベンク・モンズ。

「これはなんだろうか？」

「さっぱりわからない」ドモ・ソクラトは白状した。

ここ数時間で二十以上の罠を通過した。危険なハプニングはなかったはずだ。ガクラルのアドバイスは役にたったが、ピラミッドの中心まではまだ遠くはなれている。

二名は色の変化を数秒間眺めていた。ドモ・ソクラトがうなずいて、

「これは言葉だな」と、いった。「シントロン言語だ。このトンネルがなにを伝えようとしているのか、解明すべきだ」

「われわれを助けようとしていないのは確実だろう」宇宙考古学者は壁にもたれて、四本の腕をからだの前で組んだ。「これは罠だ。無害すぎるように見えるが」

「むろん、これは危険な罠だ」ドモ・ソクラトが応じる。「だが、克服しなければ」

「はじめよう。この色彩インパルスにかくれさたメッセージとはなにか、楽しみだ」

二名のハルト人はそれぞれ色彩インパルスに集中した。数分の苦労のすえ、メッセージの一部を解読する。

「このトンネルは、このまま進みつづけるよう要求している」ベンク・モンズが驚いて

いった。

「われわれと話したがっているな」ドモ・ソクラトは床にすわった。意識が澄んで、猜《さい》疑《ぎ》心《しん》がふくれあがる。

トンネルとかかわる時間がのびるにつれて、これはきわめて危険な罠だという確信が深まった。注意力を麻痺させようとしている。思慮深いうえに、かれらに反応できる生命体のようである。

二名のハルト人の計画脳は、ポジトロニクスのように働く。無数の情報を数分の一秒でとりこみ、分析できるが、これは意識的思考プロセスではない。かれらがインパルスの山にみずからを開けば、そこから導出された多様な結果が数分の一秒後に出る。意識的に呼びだすまでもなく、知識はそこに存在するのだ。その意味で計画脳はポジトロニクスや生体ポジトロニクスを凌駕《りょうが》している。コンピュータ内にも知識はあるが、活用できるのは呼びだされた場合のみである。

ドモ・ソクラトと宇宙考古学者は手探りで慎重にトンネルの望みに耳をかたむけた。色彩インパルスを受けとり、対応した返答をする。

〈きみたちはすでに、このピラミッドの役割を知っている〉トンネルは光る色彩の変化でいった。

〈違う〉ドモ・ソクラトは否定した。〈知らない。だが、推測はしている〉

〈きみたちはこれほど奥まで進入してきた。そのまま先に進めば、ピラミッドの中心まで行けるだろう〉二名はますます速くなるトンネルの色の変化を翻訳した。両ハルト人はその加速になんなくついていくことができた。かれらの脳であれば、殺到してくるインパルスをもっと速く受けとめることもできただろう。〈ピラミッドの中心に着けば、隔離バリア外の衛星に送りだされる〉

それは新しい話ではない。だが、二名のハルト人は知っているとはいわなかった。〈こうして、きみたちはウパニシャドの教育を受ける権利を獲得する〉

メッセージのトーンが聞きおぼえのあるものに変化している。ドモ・ソクラトははっとした。

なぜ聞きおぼえがある？　なぜ、このトンネルはハルト人の慣習どおりに〝あなたが た〟とはいわず、〝きみたち〟といったのか？

注意力を麻痺させるべく、親しげな雰囲気に引きずりこんでいる。ソクラトはそう感じた。

ベンク・モンズに目をやった。宇宙考古学者は焦点の定まらない目をしている。どこにいるのか、わかっていないようだ。

ドモ・ソクラトはにわかに把握して、

「だめだ！」と、どなって友をつかみ、全力で引きよせた。ベンクとともに後方へ倒れ、通ってきた通廊を数メートル転がる。ベンク・モンズは驚いて無意識に殴ろうとしたが、ドモ・ソクラトは友が動けないよう四本の腕を巻きつけた。

「どう、したのだ？」宇宙考古学者が切れ切れにいう。

「罠だ。悪魔じみた罠だ」ドモ・ソクラトがあえぐ。「われわれをゆっくりと懐柔して、おびきよせる。あれ以上耳をかたむけていれば、ウイルスに感染していたにちがいない」

「ウイルス？」と、ベンク・モンズ。「なんのことだ？」

「消去命令だ」ドモ・ソクラトは震える声で答えた。驚愕が手足の先まではしっていると、聞きとれる声で。

「まだわからない。どのような消去命令だ？」

宇宙考古学者は友の腕からはなれて身を起こし、通路の壁に肩でよりかかった。明らかに混乱していて、われに返ろうと苦労している。

「きわめてかんたんなことだ」ドモ・ソクラトが説明して、「このトンネルは、貴重な情報が得られると感じさせて、われわれを対話に誘いこんだ。われわれに次々と質問をさせようとした。それに応じて大量の答えを返せるように。そして……いつかこちらがついていけなくなったとき……殺人ウイルスに感染させる。消去命令がふくまれるコンピュータ情報だ。そうやって、われわれの脳に保存されたすべての知識を消す」

「ならば、われわれは脳が空《から》になり、ろれつがまわらないおろか者になっていただろう。どうすることもできなくなっていたはずだ」

ベンク・モンズはしゃがみこんだ。目を細め、光るトンネルを見ると、「いまはおおむねブルーやグレイの色をしている」と、震える声でいう。「罠は落胆しているのだろう。もうすこしでわれわれをかたづけられたのだから。きみの注意深さが、われわれを救ってくれた」

宇宙考古学者がどれほどぞっとしているのか、見てとれた。三つの目の縁が明るいグレイになり、角質化した唇の上に深いしわがよる。

「弱気になるな」と、ドモ・ソクラト。「手遅れになる前に気がつけたのだ」

そういってトンネルに向かう。

「なにをするつもりだ?」ベンク・モンズがたずねた。

「前進する」ドモ・ソクラトは断固として、「このトンネルにとどまってはならない」

ソクラトはトンネルの奥へ突進した。だが、不可視の壁にぶつかったかのようになる。よろめき、轟音とともに床へ倒れた。

かれのなかで声が響く。

〈きみを解放する、わが友よ〉と、聞こえた。

一瞬、これは罠だとドモ・ソクラトは考えた。奮起して立ちあがったが、ふたたび床に倒れる。宇宙考古学者が体当たりしてきたのだ。

「これは罠だ！」ベンク・モンズが叫ぶ。同時に、いまの言葉を自分も聞いたと暗に伝える。「罠にちがいない」

モンズはドモ・ソクラトを助け起こすと、カラフルなトンネルのはしまでともに走った。前方でハッチが開き、よろめきながら反重力シャフトに入る。数メートル上へ移動し、真円形の空間に出た。ハルト人二名は立ちどまり、目を見合わせる。

「あれは罠だと確信していた」と、宇宙考古学者。「できるだけ早く、あのトンネルから出たかっただけだ」

「最初はわたしもそう思ったが」ドモ・ソクラトが応じる。「いまは確信が持てない。あの独特な〝わが友よ〟という口調で、ストーカーを思いだした」

「ストーカーがまだ生きているのかどうか、だれも知らないのだぞ」

「スティギアンと戦ったのち、回復したのかもしれない」と、ソクラト。

ベンク・モンズがだしぬけに笑って、

「後継者にとって、じつに困った事態になろうな。ストーカーがまだどこかにいる可能性は、充分にありそうだ」

「ならば、われわれを解放しようとしても不思議ではあるまい」

「いや、ドモ・ソクラトを解放しようとしても、だ」宇宙考古学者が訂正する。

「変わりはない」ソクラトは断言した。「あの約束によって、われわれ二名がともに助かるか、助からないか、どちらかだ」

＊

ティルゾは混乱して目をあげた。

「コンタクトがとれました。でも、望んでいたのとはぜんぜん違っていました」

「ドモ・ソクラトのテレポート・ベルトのコードは見つけたのか？」

「いいえ、無理でした」と、ディアパスが応じる。「うまくいかなかったんです。コードが消去されていたので」

ドモ・ソクラトは、すでにグラルルのピラミッドのなかにいて、中心に向かっている、ティルゾはそう説明した。

「どうしてわかった？」キャプテン・アハブが驚いてたずねる。

「テレパシーでコンタクトがとれたので」

「だが、きみはテレパスではなくディアパスだ。すこし違うだろう」

「わかってますよ」ティルゾは応じた。ベッドの上にすわり、所在なげに腕をぶらつかせた。「ほんとうなら、だれかの思考をとらえられないはずです。でも、あそこには手助けしてくれる生物がいました。だけど、それだけではなくて……」

「ほかになにが？」

「説明できません。もう一度やってみます」

「よかろう」ストーカーが同意して、「時間はある」

ブルー族はパラ露のしずくをふた粒とり、ふたたびあおむけになった。目を閉じて、トランス状態のようになる。すぐに、精神的に似ていると感じる生物とコンタクトがとれた。

いま、ティルゾはさらに鮮明に感じた。それは罠に捕らえられたハルト人ではなく、べつの生物だ。

それどころか、かれを同族だと考えている！

その思考をとらえたとき、ティルゾは反論しなかった。同時に、これはナックだとわかる。

理解して、ぎょっとした。謎めいたナメクジ生物に興奮が伝わらないよう、苦労してかくす。

ナックからメッセージがとどいた。

〈メエコラーの外に生はない。収縮するタルカンがはらむのは死のみ〉

ティルゾは驚いてこの言葉に耳をすました。意味がわからず、最初はどうすることもできなかった。やがて、これは合言葉かスローガンのようなものだと思いつく。

ナックは返事を待っている、という思いが、ティルゾの頭をよぎった。特定の形式の応答を期待している。でも、どんな？

あまりのショックに、なんの返事もできなかった。集中をゆるめて、コンタクトを中断する。

目を開けて、キャプテン・アハブを見た。船長は心配そうにかれのほうに身をかがめていた。

「大丈夫か？」大音声がたずねる。

「はい。でも、意味がわからないことが聞こえました」

つづいて、ナックのメッセージをくりかえす。

キャプテン・アハブは身を起こした。火のように赤い髭のまわりに指をやり、顔をすこし赤らめる。ブルー族と同じほど興奮していた。

「わたしがナックとコンタクトできると、知ってたんですか？」

キャプテン・アハブはいらいらと首を横に振った。

「むろん、知らなかった」

「でも、一ナックが衛星にいるのは知っていたんでしょう」

「そうだ」キャプテン・アハブはひと言で答えた。

「どう返事をすればいいいんです？　いつまでも黙っているわけにはいきませんよ。あの言葉の意味はさっぱりわからないけど、あなたにはわかるんですか？」ブルー族は姿勢を正してすわると、がっしりした赤い髪の男を見すえた。「メエコラーの外に生はない。収縮するタルカンがはらむのは死のみ。どういうことなんでしょう？」

「わからん。どうしてわかる？」

「ドモ・ソクラトを助けたければ、ナックとトラブルを起こさないのはだいじなことでしょう。こちらに気がついている。あなたの計画を妨害するかもしれない」

「むろん、それはわかっている」キャプテン・アハブは強くいった。「だから、いいかげんにして黙れ。よく考えられるように」

「わかりました、わかりましたよ。もうなにもいいません」ティルゾはベッドに身を沈めて、寝返りを打つと、目を閉じた。ストーカーはテーブルまで行って両手を突き、頭をさげて考えこんだ。数分が経過。ナックの奇妙な言葉を何度も思いめぐらし、ゆっくりとブルー族のもとへもどる。

「聞け、ちび！」

「ちび！　なんですか、それ？　いつもそんなふうに話しかけなきゃならないんですか？」ティルゾは興奮して、「いやなんです。何度も何度もいってますよね」

「おや、そうだったか？」キャプテン・アハブは心底驚いた顔をした。ブルー族がこう呼ばれるのをいやがっているとは、考えたこともなかったようだ。「だが、きみはやっと十八歳だ。まだ小僧だろう」

「だから、それでも、いつも〝ちび〟っていわれるのは、いやなんです。わたしもあなたのことを赤髭だとかマスクだとか呼んだりしませんよ。悪くないと思いますけどね。よう、マスク！　だって、ほんとうのことでしょう」

「ならばよかろう、ティルゾ。もうちびとは呼ばない。それで、あのナックの奇妙な言葉の話にもどるが」

「メエコラーの外に生はない。収縮するタルカンがはらむのは死のみ」

「それだ！」

「どう返事をすればいいのか、わかったんですか？」

「ああ、わかったと思う」ついで、正しいと思われる返事の文言をいいそえた。

「やってみます。すぐに。ナックは待っているはずです」

キャプテン・アハブはうなずいた。はげますようにブルー族の肩に手をのせたのち、ソファのはしにすわる。

ティルゾはあらたにパラ露をとって、リラックスした。ふたたび虚空へ感覚を滑りこませると、ビッグ・プラネットの静止衛星に探りを入れる。こんどは瞬時にコンタクトがとれた。ナックは待っていたと、すぐに感じる。

〈メエコラーの外に生はない。収縮するタルカンがはらむのは死のみ〉と、ブルー族はくりかえした。

ナックが集中を強める。ティルゾは謎の生物が自分に心を開くさまを感じた。

「ゆえに、生を選ぼう」と、ブルー族はいいそえる。

数秒間、沈黙がつづいた。ナックはまだそこにいると、ティルゾは感じたが、息をとめているかのようだ。やがて、ナメクジに似た生物は歓喜したかのようにティルゾの返事に応答し、ティルゾについてさらに多くの情報をもとめた。だが、キャプテン・アハブのすすめにしたがい、身元を明かすのはひかえる。

〈きみの名前は?〉ティルゾはたずねた。

〈アルフラル〉ナックはすすんで答える。

〈もっと情報を伝える前に、いっておきたい。わたしは助けを必要としている〉と、ティルゾは伝えた。〈ハルト人が二名、ピラミッドのなかにいて、中心に向かっている。助けてやってほしい〉

ナックは理解していないようすだった。すっかり歓喜に酔っている。ティルゾはさらに鮮明に感じた。同じような精神能力を持つことから、ナメクジに似た生物は、ティルゾのことを同類だと考えている。ナックではないにせよ、故郷か由来が似ている生物だと。

7

金属と人工素材の怪物が咆哮《ほうこう》をあげてドモ・ソクラトとベンク・モンズに襲いかかってきた。不定形プラスティックのようなねじれた姿をして……高速回転するチェンソーをのぞき……武装はしていないようだ。

宇宙考古学者が先に挑戦を受けて立った。走行アームをおろすと同時に分子構造を転換し、怪物のような物体へ突進した。ドモ・ソクラトのそばを疾駆して、三回の大ジャンプでロボット生物に激突、轟音をあげる。一瞬、空気が震えたごとくであった。戦う二体が食いこみあい、両者とも抜き差しならないように見えた。だが、ねじれた姿が破裂して、破片がかちゃかちゃと床に落ちる。

「大丈夫か?」ドモ・ソクラトが心配してたずねた。

「むろん、大丈夫だ」ベンク・モンズはばねで弾かれたようにすっと立ちあがった。「こんなささいなことで、わたしのからだが損なわれたりなどするものか」

宇宙考古学者は破片を蹴り飛ばして壁にぶつけた。破片は壁の上張りに深い穴を穿《うが》ち、裂いて粉砕する。壁が甲高《かんだか》い音とともに崩れると、ぴくぴく動くグレイの塊りがあらわになった。数十本の、腕ほども太いフォーム・エネルギー製の棒がからまり、締めつけられている。

「ヘンケ・トールだ」と、宇宙考古学者。「やっと見つけたぞ」

捕らえられたハルト人は、恐ろしい姿になっていた。罠から逃がすのは不可能だと、すぐにわかる。

〈わたしを見つけてくれた〉二名のなかで、はてしなく疲労した声が響いた。〈ついに！　時間をむだにするな。死なせてくれ。この苦痛を終わらせてくれ〉

ヘンケ・トールは、ハルト人とはほとんどわからない姿になっている。罠で外見が変化し、まるで不定形の塊りのようだった。ぴくぴくねじれながら、フォーム・エネルギー製のフックにぶらさがっている。

ドモ・ソクラトとベンク・モンズは目を見合わせた。喉が締まる。なにをすべきか、わからないのだ。両名とも、望まれたようにヘンケ・トールを殺すことはできなかった。逃げ道のない状況であっても、そのような行為は殺人だろう。

〈何者かがきみたちを解放しようとしている〉囚われのハルト人が伝える。〈わたしがその者を妨害して追いかえした。先にわたしのもとへきてほしかったから〉

「なぜだ？」宇宙考古学者がたずねる。「なぜ、その者よりわれわれのほうが先にこなければならなかった?」

〈きみたちに、わたしの生涯を終わらせてほしいからだ。あの者が介入してこないうちなら、きみたちはわたしに集中できる。かれがきみたちを連れ去ってしまえば、わたしは生きたままとりのこされて、さらに千年以上、生きることになるだろう。それほど長く苦しみたくはない〉

「ストーカーだ」と、ドモ・ソクラト。「われわれを解放しようとしているのは、ストーカーだな?」

〈わたしにはわからない〉ヘンケ・トールのメンタル音声が応じる。〈いいから死なせてくれ。なにをもたもたしている?〉

ドモ・ソクラトは絶望しながら囚われのハルト人を救う方法を探した。そんなものはないとわかっていたが。フォーム・エネルギーの棒をとりのぞくのは不可能だと、宇宙考古学者と意見が一致している。

この問題は、ふいに、歓迎しがたいかたちで解決した。なんの前触れもなく部屋の壁がふたつに分かれ、両わきにスライドする。二体のグラドに似たロボットが間隙《かんげき》から突入してきて、二名のハルト人をエネルギー・ブラスターで撃った。だが、ドモ・ソクラトもベンク・モンズも機敏に反応し、ビームははずれる。ふたつの巨体はたくみによけ、みずからのエネルギー・ブラスターを抜いて命中させた。ロボットは驚くべき勢いで爆発。火の玉が膨張し、無数の破片が部屋じゅうで渦巻いた。破片が何度もドモ・ソクラトや宇宙考古学者に当たったが、なんの害もなくぶつかっただけだ。

二体のロボットが爆発した場所で、巨大な穴が口を開き、そのへりで曲がった金属の棒が赤熱《せきねつ》している。その数メートル奥で、ヘンケ・トールが崩れたフォーム・エネルギーの棒にからめとられて、ぶらさがっていた。いくつもの瓦礫の破片がからだの奥まで刺さり、ハルト人を殺している。

「これについては、後悔させなければならない者がいるようだ」ドモ・ソクラトが怒りに震える声でいった。

「スティギアンだ」と、ベンク・モンズ。「これはあいつのせいだ」

「代償は払ってもらう」

ドモ・ソクラトは壁の穴へ突進し、隣室に入った。さらに開いたままのハッチを通ると、高さ三十メートルほどの中空球の内部に出た。幅五メートルの斜路が球状空間の中心まで伸びている。斜路の先端に着いて、ソクラトは周囲を見た。ここの壁は無数の装置や操作盤やモニターでおおわれている。操作センターに典型的なものだ。

疑いの余地はない。ピラミッドの中心に着いたのである。

「それで、これから？」ついてきたベンク・モンズがたずねる。「なにが起きる？　この中心を粉砕するか？　なんの問題もなかろう」

「だが、それでは先に進めまい」ドモ・ソクラトが答えて、「いや、それはするべきではない」

三メートル弱の距離に、スティギアンの等身大ホログラムがあらわれた。この空間を自在に動きまわっている。二名のハルト人は思わず一歩あとずさった。ドモ・ソクラトは憤激に駆られてなにかをいおうとしたが、ベンク・モンズが冷静に引きとめる。二名はヘンケ・トールを思いだした。あの運命の責めを負うべきは、ソト＝ティグ・イアンなのだと考える。さらに、アケ・ガクラルの急速な老化も、ピラミッドに入って罠にかかった多数のグラドやハルト人の死も、引き起こしたのはスティギアンである。

「きみたちを歓迎する！」ホログラム・プロジェクションから声が響いた。

二名のハルト人は、ほとんどわからないほど上体を伸ばした。注意深く見れば、身をかたくして拒絶の姿勢をとったとわかるだろう。二名のハルト人は、スティギアンのなれなれしい話し方が気にいらなかったが、戦略上、ていねいに話すようもとめるのはひかえた。

「輪重隊の未来のメンバーとして、きみたちを歓迎する。この場で自由を約束しよう」

ホログラムはじつにリアルで、ソト＝ティグ・イアン本人がピラミッドの中心に浮いているかのようだった。そう信じる者もいるだろうが、ハルト人をホログラム・プロジェクションでだますのは不可能である。ハルト人にとり、ホログラムは冷たいのだ。赤外線を感知する目で、生命体にそなわるはずの体熱がないと察知できるためだ。

「きみたちはここから静止衛星にうつされる」スティギアンはつづけた。「のちのすべては、そこでわかるだろう」

プロジェクションが消えた。

ドモ・ソクラトが宇宙考古学者に、

「あのテレパシー・メッセージがストーカーのものかどうか、確信が持てなくなってきた」と、唇をほとんど動かさずにささやいた。

「あれもスティギアンの罠かもしれない、ということか？」

「わからない」と、ドモ・ソクラト。「それがわかれば、断固たる態度がとれるのだが」

不可視のエネルギー・フィールドに捕らえられたかのように、足もとの床がやわらかくなった。本能的に反応し、逃げようとする。だが、外部からテレポート・ベルトに作用したエネルギー・フィールドによって、連れ去られた。

＊

ブルー族のプリュ＝イトが六名の補佐官とともに会談をもとめている、そうニア・セレグリスから告げられても、ジュリアン・ティフラーは驚いた顔をしなかった。ブルー族を迎えるために立ちあがる。

プリュ＝イトは意見をすっかり変えたようだ。愛想がいいともいえそうな態度をとっている。

「われわれ全員にかかわる問題について、じっくり話しあった」と、ブルー族がはじめた。

自分とニアはシーラ・ロガードから銀河評議員との会談を禁じられている、ジュリアン・ティフラーはブルー族にそう話すつもりはなかった。遅かれ早かれ、シーラはGOIと同じ方針に舵を切ると確信している。

「それで？」ティフラーがたずねる。

「銀河評議員ロガードがふたたび知らせてきた。あなたがすでに説明したとおり、銀河イーストサイドに危険が迫っている、と」

「なるほど」と、ティフラー。「もう疑っていないのだな。あの情報は正しい、きみはそう思っている」

「そのとおり！」プリュ＝イトが同意して、「カタストロフィを避けるべく、イーストサイドのために迅速な処置をとるよう、すでにギャラクティカムには要請した」

「イーストサイドを助けるために、GOIにできることはすべてしよう」ティフラーは約束した。

「ＧＯＩの確約ということでよろしいか？」プリュ＝イトがたずねる。

「確約だ。ＧＯＩはブルー族を支援する」

ブルー族の銀河評議員は立ちあがって、

「それなら安心した」と、応じる。「ＧＯＩに感謝する」

これで会談は終わった。ブルー族は部屋を出ていったが、ジュリアン・ティフラーとニア・セレグリスも自分たちの部屋に長居はしなかった。すぐに通廊を急ぎ、ハルト人の部屋へ向かう。オヴォ・ジャンボルと話すまでは、コズミック・バザールのベルゲンを去らないと決意していた。

「割ったテーブルの請求書を渡しにきたのですかな？」ハルト人の銀河評議員がたずねて、大音声で笑う。こぶしで目の前のテーブルをやかましくたたいたが、テーブルはやすやすと攻撃に耐える。ハルト人のための特殊仕様で、必要な強度をそなえていた。

「そんなわけはない」ジュリアン・ティフラーはにやりとした。「すわらせてもらっても？」

「どうぞ……ソファが大きすぎなければ」

たしかに、ニア・セレグリスとティフラーにとって、ハルト人用のソファは大きすぎた。すこし心細い気分になる。

「あなたがたがここにきたのは、ギャラクティカムが攻撃を決定したと伝えるためでしょうか？」オヴォ・ジャンボルがたずねる。「われわれの忍耐は限界だと、強調するまでもありますまい。これまでは、ギャラクティカムの利益を守るべく自重するしかなかったが、もう終わりですぞ。ギャラクティカムは恒久的葛藤を避けて通りたいのだろうが、われわれの考えは違っている。ギャラクティカムには何度も期限の変更を認めてきました。ソト問題を平和的に解決するためだといって、これまで七回延長されたのです。これ以上の延長は認められない」

「ハルト人がしめす忍耐と寛容さに驚いている」

オヴォ・ジャンボルははっとして目をあげた。赤い目が光り、くぐもったうなり声が喉からもれる。

「忍耐は限界にきています。もう一度申しあげたい。ギャラクティカムは、目前の問題をかれらのやり方で解決することはできないと、われわれは結論づけました。したがって、われわれはわれわれのやり方で対処する。これ以上、スティギアンが銀河系種族に恒久的鞭《むち》打ちをしかけるさまを、見ているわけにはいかないのです」

ジュリアン・ティフラーはソファの背もたれに身をあずけて、足を座面のはしにのせた。すこしすわり心地がよくなる。

「なにをするつもりだ？」

「われわれは充分に話しました。これからは行動。われわれハルト人は問題を解決できるとしめすつもりでいる」

「ギャラクティカムにとって重大な試練になるだろう。ほとんどの種族は武力行使に反対している」

「われわれにとっては、きわめてどうでもいいことです」

「銀河系の一種族の独断行動は、ギャラクティカムの分裂を招きかねない」ティフラーは懸念を口にした。

「そのリスクはおかすしかないでしょ」

「いったいなぜです？」

「なんですと？」オヴォ・ジャンボルは驚いてティフラーを見た。

「わたしが訊いているのは、どうしてそのようなリスクをおかすのか、ということだ」ジュリアン・ティフラーは微笑した。「もっとスマートなやり方があるのに」

「どのような？」

「組織を危機にさらさないために」ＧＯＩのチーフはつづけた。「ハルト人は、表面上はギャラクティカムを脱退して、ひそかにＧＯＩと協力する。そうすれば、もっと密接に連携できるだろう」

オヴォ・ジャンボルは驚きのあまり、ティフラーを無言で見るばかりだった。角質化した唇からは、なんの音も出ない。

「ハルト人は衝動洗濯に屈してソト艦隊に立ち向かうかもしれない。その前にギャラクティカムを脱退していれば、束縛なく自由に動けるし、正しいと思うことを実行できる。ギャラクティカムの非構成員としての行動であれば、スティギアンには銀河系のほかの種族を攻撃する口実がなくなるわけだ」

「おみごと！」ハルト人は大声を出した。勢いよく立ちあがって、テーブルを引っくりかえしそうになる。「なんという提案だ！」

「重要なのは、ＧＯＩとひそかに手を組み、連携することです。思いがけない事故を防ぐために」

オヴォ・ジャンボルはジュリアン・ティフラーを見おろした。赤い目を光らせて、

「わが種族に対してこれほどの理解をしめしてもらえるとは、考えていなかった」と、ＧＯＩの態度への感動がはっきりと伝わる声でいった。ハルト人がすわりなおして、ティフラーは安堵する。ハルト人に抱擁されるのではと、不安になっていたからだ。ニア・セレグリスも同じ心配をしていたようで、ソファのすこし奥にからだをずらしている。

「では、わたしの計画を支持するのだな？」と、ティフラー。

「感動しましたぞ」ハルト人が応じた。大音声で壁が震える。

「しかし、全員には知らせないほうがいいだろう」ティフラーは急いでいった。「だから、もうすこし小声で話したほうがいい」

「まったくそのとおりですな！」オヴォ・ジャンボルが走行アームをおろしたので、大きな頭蓋がティフラーの目の高さにくる。

「なにをするの？」ニアがたずねた。

「一時間後に最終会議がはじまります」ハルト人が答えて、「ギャラクティカムの意見は一致しないでしょう。問題をもう一度、あらゆる方面から検討する委員会と小委員会が結成されるはずだ。だが、すべて、わたしには関係ないこと。爆弾を落としてやりましょう。ハルト人種族はギャラクティカムを脱退し、今後は独自の道を行くと宣言します」

ついで声をひそめて、

「むろん、ほんとうにギャラクティカムを去るのではない。われわれは銀河系種族の一員だと感じている」ティフラーとニアに力強い手をふたつ伸ばして、「われわれはひそかに、かつ緊密にＧＯＩと協力します。約束しましょう」

「あなたは、そんなにかんたんに決められるの？」ニアがたずねた。

「できるのです。むろん、わが種族のほかの代表者たちと話さなければならない。だが、かれらも同じ考えだろうとわかっている。あなたがたが提案した道を選ぶはずだ」

ＧＯＩのチーフとニア・セレグリスは、ハルト人に別れを告げて、自分たちの部屋へもどった。

ドモ・ソクラトとベンク・モンズは、ピラミッドの中心から半球形の大空間にうつされた。天井からたくさんの棒状結晶体が弧を描いて垂れ、さまざまなマシン・ブロックにつながっている。二名のハルト人には、おおむね赤い色をして弧を描く結晶体の目的を見てとることはできなかった。

＊

四名のスプリンガーと二名のアコン人、一トプシダーが、まばゆく照明されたハッチから入ってきた。全員がエネルギー・ブラスターで武装している。

「ここはどこだ？」宇宙考古学者が小声で訊いた。「まだビッグ・プラネットのピラミッドのなかにいるのか、それとも、ほんとうに静止衛星にいるのか？」

ここを見たかぎりでは、テルツロックをはなれたのか、あるいはスティギアンにかつがれたのか、判断がつかない。目につくのは、青灰色の変化しつづける影にかこまれていることだ。この影の外には、わずかな重力しかかかっていないのだろうか？ソトの護衛部隊員が反重力ベルトをつけているのかどうか、よくわからなかった。だが、かれらは自然に身軽に動いているため、ハルト人にとって通常の高重力にさらされているとは思えない。

アコン人の一名がリーダー格のようだ。ほかの者の一歩前に出る。二名のハルト人の前、五メートルほどに立った。

ハルト人とくらべるまでもなく、小柄だ。身長は百六十センチメートルほどと、ドモ・ソクラトは見積もった。極端な細面《ほそおもて》で、後方にきっちりととかしつけ、うなじで結んだ褐色の髪が、顔の細さを強調している。きゃしゃな肩はすこし前に出て、頭もやはり前傾している。鼻はくちばしのようで、長い首から喉仏が大きく突きだしていた。さらに、頭をかわるがわる左右にかたむけるようすから、ハルト人二名は獲物をつけ狙うハゲタカを思いだした。

「わたしはライクだ」と、しわがれ声で自己紹介した。「きみたちを歓迎する。大いなる試験に合格し、ピラミッドのすべての罠を克服した。これで資格ありと認められて、きみたちはウパニシャド教育を受け、ソト艦隊に入る権利を獲得したのだ。聞いたこともない話ではなかろう。どのような褒賞が待っているのか、知っていたはずだ。さもなくばピラミッドに入るはずはない。中心までできて、生還した者はいないのだから」

ドモ・ソクラトは一瞬、トンネルの罠の状況を思いだした。あそこでも、ベンク・モンズと自分はウパニシャド学校の教育を受ける権利を獲得すると告げられた。トンネルの罠も、のちにあらわれたスティギアンのプロジェクションも、かれが、ソクラトが、ストーカーのもとでウパニシャド学校の全十段階を修了していることを意に介さなかった。ライクもひと言も触れない。

たいした意味はないのだろう、と、ソクラトは考えた。ストーカーがソクラトやティフラーやニアにほどこした速習教育を、スティギアンは無視しているのかもしれない。

ハルト人はこの思考を追いはらい、アコン人に集中した。

「ここはどこだ?」と、たずねる。

「ビッグ・プラネット上空の静止衛星内だ」

「そのようなことはだれにでもいえよう」深淵の地で生まれたハルト人が応じて、「証拠を見せていただきたい」

「わたしを信じないのか?」

「われわれがまだピラミッド内にいる可能性、なしとはしない。べつの部屋にいるのかもしれない」

アコン人は同意しかねるという目をして、

「信じてもらうしかない、ハルト人」

「礼儀作法のごく基本的なルールさえ守らない者を、信じることはできない」

ライクは笑った。

「おろか者の言葉を聞いたか」と、同行者たちに、「ほんとうに〝あなた〟を使って話すようもとめてきたぞ」

ほかの護衛部隊員は追従笑《ついしょう》いをした。ライクを指揮官として無条件に認めていると、しめすものだ。さらに、その態度から恐れていることもわかる。

「きょうまできみたちにとり重要だったことは、忘れてもらう」ライクはハルト人二名に強くいった。「服従しろ。さもなくば……」

「さもなくば？」ドモ・ソクラトがたずねる。

「さもなくば抹殺する。宇宙空間はまさにきみたちのような連中を待っている。ま、わかっているがね、ハルト人が一定時間、宇宙空間で生きられることは。だが、テルツロックへの大気圏突入には耐えられまい。そのさいの熱は、たとえきみたちであっても高すぎるはずだ」

ライクは尊大に片手をあげた。ロボット装置が不可視の牽引ビームでハルト人二名をとらえ、アケ・ガクラルの調達してくれたエネルギー・ブラスターやほかの装備を奪ったが、テレポート・ベルトはのこしている。

くぐもった低いうなり声がドモ・ソクラトの喉からもれた。ベンク・モンズが前に身をかがめ、手をこぶしににぎる。

「やめろ！」ドモ・ソクラトがもとめた。

だが、アコン人は嘲笑し、

「きみたちはピラミッドの罠に勝利した。だが、それで、武装したままでいる権利が得られるわけではない」と、二名のハルト人に叫んだ。ロボットの介入とかれの言葉が、ハルト人たちにどう作用したのか、気がついていないようだ。赤い目の鬼気迫る光を見逃している。

「武器を返せ」と、宇宙考古学者がもとめた。

ライクは笑いながら首を横に振り、背を向けてその場から出ていこうとした。同行者たちが大股にうしろへさがる。かれらの手はエネルギー・ブラスターの銃床の上だ。

「きみが正しいということなのだろうな、アコン人」ドモ・ソクラトは最大限の軽蔑をこめて、わざとばかにした話し方をした。「われわれハルト人は、しばらくは宇宙空間で生きられる。われわれにとってはなんの問題もない。だが、きみたちは違う。この衛星だというものの外被をわれわれが破壊すれば、きみたちの呼吸に必要な空気が抜ける。数分の一秒で死ぬことになるだろう」

ライクは平然と振りかえった。長い頸をさらに伸ばし、目を細める。

まるで、いまはじめてハルト人たちに気がついたかのように、

「きみたちはみずからの未来をもてあそんでいる、ハルト人。ウパニシャド教育を受ける権利を獲得したとはいえ、わたしには資格なしと判定する権限がある。いいかね、ハルト人。そうすべきだと判断すれば、その権限を行使させてもらう」

ドモ・ソクラトは走行アームをおろした。大音声をあげ、侮辱したアコン人に突進する。ライクと同行者たちは、巨体が接近するや、すさまじい恐怖に駆られて横へ身を投

げた。

ベンク・モンズも同じく上体を前へ倒す。ドモ・ソクラトにつづいたが、さらに大声をあげ、

「われわれをだませると思うな」と、宇宙考古学者。ドモ・ソクラトと同じく、ビッグ・プラネットをはなれておらず、まだグラルルのピラミッドにいると確信していた。

青灰色の影がついてくる。そのとき突如として、重力が数倍にはねあがった。二名のハルト人がソト護衛部隊員に到達する前に、荷重がのしかかる。ライクのような男なら瞬時に床に倒れて動けなくなるであろう荷重だ。ハルト人二名は信じられない力を発揮して、突然強まった重力に耐えた。だが、ライクや同行者たちを攻撃するのはひかえ、頭で壁を突き破った。耳をつんざく轟音とともにメタルプラスティック合金の上張りが崩れ、その奥にかくれていた補強材や断熱材がほぼ粉砕される。

「やめろ！」ライクがおびえきって叫んだ。「だめだ、それ以上は。われわれ全員が死んでしまう」

ドモ・ソクラトとベンク・モンズが消えていった開口部を、ライクと同行者たちは茫然と見つめた。ハルト人二名がはなれていく音が聞こえる。二名が壁を突き破るたびに榴弾が爆発するような轟音がして、そのたびにソトの護衛部隊員は鞭で打たれたかのようにに身をすくめた。

8

「なにか聞きとれたか？」食堂でティルゾに会うと、キャプテン・アハブがたずねた。テーブルのそばにすわった船長は、ブルー族からコーヒーを受けとった。ティルゾは故郷惑星ガタスで親しんでいた飲み物をいつも選んでいる。お気にいりの香りとは違っているが、《オスファーI》で提供されるほかのどんな飲み物よりもましだった。ティルゾはストーカーのそばにすわって、

「ナックからですか？」と、首を横に振った。「いいえ。二名のハルト人からも、なにもありません」

ブルー族は目をくもらせて皿頭をさげた。

「そのかわりにわかったのは、わたしが奇妙なことをしたのが、だれのせいかってことです」

「ほう、そうか？」

キャプテン・アハブはコーヒーを飲んだ。ブルー族から目をはなさない。ティルゾは

テルツロック上空の静止衛星にいるナックとのコンタクトを何度も試み、ストーカーはいらいらしながら待っていた。ナックは疑念をおぼえたのか？　歓喜は消え去ったのだろうか？

「あるハルト人のテレパシー・インパルスがあったんです。罠にかかっていて、とほうもなく苦しんでいる。それはわかりました。最初はパラプシ性インパルスをやみくもに発していました。どこかへ。わたしにとどいたのは、偶然でした」

「だが、きみとコンタクトをとれたと気がついたのだな？　そのコンタクトを強化しようとしたのか？」

ティルゾはうなずいて、

「われわれがドモ・ソクラトを解放しようとしていると、気がついたにちがいありません。ドモ・ソクラトはすでにピラミッドのなかにいて、そのハルト人のもとへ向かっていました。かれはソクラトやその同行者と意思疎通していて、かれの望みはひとつだけでした。死にたかったのです。ドモ・ソクラトが苦痛から解放してくれるのを望んでいました」

キャプテン・アハブは立ちあがり、軽食をとりに自動供給装置へ向かった。だが、シントロニクスにリクエストをたずねられても、決められなかった。

ストーカーはティルゾのいるテーブルにもどり、

「わかったと思う。その苦しんでいる生物は、われわれがドモ・ソクラトを解放するつもりだと知って、自分が死なないうちにドモを連れていかれてしまうと、不安になったのだ」

「そのとおりです！」ティルゾは同意して、「確信があるわけではありませんが、そういうことだと思います。ほかには考えられない。あの生物はわたしをすこし妨害しはじめました。ドモ・ソクラトのために時間稼ぎができるように」

「どうしてそれがわかった？」

「あの生物は死にました。おそらくドモ・ソクラトが殺したのでしょう」

「ならばもう、われわれの計画に障害はないわけだ」キャプテン・アハブは驚くほど冷淡にいった。

ストーカーはすわって、

「ドモ・ソクラトと、同行しているもう一名のハルト人について、長すぎるほど情報が入っていない。もう一度ナックと話してみてくれ。ここまできて手を引くわけにはいかない」

「どうしてナックが応答しないのか、わかりません。でも、もう一回話せるようにやってみます」ブルー族は約束した。

キャプテン・アハブは微笑して、

「あのナックは、銀河系で職務にあたっている五名のナックのうちの一名だ。かれらはあまり話さない。いや、本来はひと言も話さないのだ」

「でも、思考しています」と、ティルゾ。悩みながら話し相手を見る。「かれらは独特なんです。奇妙で、説明できないのですが、ある意味で異質です。ナックとコンタクトをとったとき、あの生物はまったくべつの世界からきたんだと、なんとなく感じました」

「大げさに考えるな、ティルゾ。あのナックと二名のハルト人に集中しろ。なんとしてでもかれらを連れださなければ。いつまでも時間があるわけではない」

＊

ジュリアン・ティフラーとニア・セレグリスの部屋へきたとき、シーラ・ロガードは態度をすこしやわらげていた。かれらは、反対側から見られることなく、ギャラクティカムの本会議場を眺められる部屋にいた。

テーブル横には二名の旅の荷物が置かれている。

「ベルゲンをはなれる用意をしたようですね」と、シーラ。

「《オスファーI》を待っているだけよ。もうきているはずなのだけど」ニア・セレグリスがすげなくいった。シーラの強硬な態度と非難が忘れられないのだ。

だが、ジュリアン・ティフラーはリラックスしている。

「本会議場に行かなければなりません」と、シーラ・ロガード。「いくつか耳にしました。票は割れそうな情勢です。ＧＯＩがもたらした情報は、はげしい対立を引き起こしました。意見は一致しないかもしれない」

ティフラーは本会議場に目をやった。ほぼすべての席が埋まっている。銀河評議員たちは会議の開始を待っていた。

「ブルー族はなんと話している？」ティフラーはたずねた。

「かれらは大丈夫です」と、シーラ・ロガード。「プリュ＝イトとは何度も話しました。ブルー族は明確にギャラクティカムに同意している。でも、ハルト人は違うようですね。自制を失ってしまうのではないかしら」

シーラはドアに向かった。

「会議は長引くかもしれません。もう会えないかもしれないから……故郷まで、いい旅を」そういって、部屋を出ていった。

「どういうことかしら？」ニアがたずねる。

ティフラーは笑った。

「いや、なんでもないさ、ニア。前に話したときに、すこしやりすぎたと思っているだけだろう」

ニアはうなずいた。本会議場の窓をさししめして、「プラット・モントマノールが会議を開始したわ」と、急いで話した。思わず声をひそめている。隣りでだれかが聞いているのを心配するかのように。

議論がはじまった。最初に発言したのはトプシダーだ。脅威に対する防衛処置をただちにとるかわりに、何日も情報の信憑性《しんぴょうせい》を検討しているといって、ギャラクティカムの優柔不断な者たちを強く非難した。

トプシダーはためらいがちな拍手を受けたのみである。

「だれもほかの者を信じていないわ」ニアは落胆して、「みなが自分の利益だけを考えている。ウエストサイドの諸種族は自問しているのよ。危険が迫るのはブルー族だけとすべてが示唆《しさ》しているのに、どうしてイーストサイドのために自分たちが首をさしださなければならないのか、って」

「きっかけがないんだな」と、ジュリアン・ティフラーは応じた。ニアに目くばせをして、「ま、きょうあたえられるさ。ショックで目がさめる」

「ハルト人は脱退すると思う？」

「すぐにわかるだろう。オヴォ・ジャンボルはすでに演壇へ向かっている」

実際に、ハルト人は自席をはなれていた。ことさらゆっくりと演壇まで歩く。本会議場はいつになくしずまりかえっていた。なにかふつうではないことがはじまると、だれもが感じているようだ。

オヴォ・ジャンボルは演壇の前で立ちどまった。伝統的な演壇との共通点はわずかである。へりがふくらんだ深皿のようなかたちをして、一連のコミュニケーション装置をそなえていた。話し手は、すべての銀河評議員や銀河系種族について、さらに、かれらの言語や倫理の独自性や、さまざまな惑星の経済条件や、その他の無数のデータなど、望む情報をすべて得ることができる。

このために、どの話し手も野次を飛ばした者や質問者を数分の一秒で特定できた。

「これまで、惑星ハルトは自重をもとめられてきた。ギャラクティカムの利益を守るために」オヴォ・ジャンボルが大音声で叫んだ。

「わたしたちの提案をのんだみたいね」ニアが興奮してささやく。

「疑っていたのか?」

「そうよ」と、ニア。「この一歩はよく考えるべきだし、ハルト人にとってリスクなしというわけじゃないから」

「そのとおりだね」

「それに、オヴォ・ジャンボルは単独では決められないわ。惑星ハルトに相談する必要があるし、ほかのハルト人の同意もとりつけなければならない」

「同意は受けているようだが」

「ギャラクティカムは恒久的葛藤を絶対に避けるつもりのようね」

ハルト人はひと呼吸おき、一同を見わたした。銀河評議員たちは黙っている。緊張して次の言葉を待っていた。強い非難の気配が漂う。

「ギャラクティカムがこのような態度をとっているのは、戦略的賢明さからではない。不可避な事態を恐れる臆病さゆえだ」

その告発は大きな怒りを買った。多くの評議員が席から立ちあがり、大声で抗議する。オヴォ・ジャンボルは自分が引き起こした騒ぎには気づかないようすで、演壇のそばに冷静な態度で立ち、プラット・モントマノールがついに介入して静粛をもとめるまで待った。

「わめき声が大きくなればなるほど、積極的行動は減っていくものだ」と、ハルト人はいって、第二の怒りの波を引き起こした。プラット・モントマノールは話し手を叱責し、本題に入るようもとめた。

オヴォ・ジャンボルは叱責をすぐには受け入れず、

「わたしは必要だと思うことを話している！」と、議長にどなり、轟音とともに手を演壇にたたきつけた。

「ここにいるかぎり、わたしは臆病を臆病という。だが、おちついていただきたい。いつまでもここに立っているつもりはない」

プラット・モントマノールはすでに二度めの叱責を口にしかけていたが、言葉が文字どおり喉につかえてしまった。その瞬間に、わかったのだ。

「惑星ハルトは、本日をもってギャラクティカムを脱退する」オヴォ・ジャンボルは宣言した。「ただいまより、わが種族は独自の道を行く」

オヴォ・ジャンボルは証書フォリオをバッグから出して、プラット・モントマノールのもとへ行き、勢いよく台にたたきつけた。メタルプラスティックが大きく破損する。

本会議場はしずまりかえった。銀河評議員はみな沈黙し、身動きしない。全員がハルト人を見ていた。ハルト人は怒りで身を震わせながら演壇を去り、外へ向かう。出ていったハルト人の背後で、ちいさなしゅっという音とともにドアが閉まった。

「なんだか似合わないわね」と、ニア・セレグリス。

「なんのことだい？」ティフラーがたずねる。

「ドアよ」ニアはほほえんだ。「思いきりドアをたたきつけて閉めていたら、すてきだったでしょうね。大砲の音みたいに聞こえたはずよ。でも、あんなスライドドアじゃ、たたきつけるわけにはいかないわ」

「それでよかったんじゃないか。さもないと、何名かの評議員は耳を落としていたかもしれないぞ」

＊

轟音をたてながら、ドモ・ソクラトとベンク・モンズは衛星の補給品倉庫に突入した。箱やコンテナが空中で渦を巻き、天井や壁にたたきつけられて粉々になる。強靭《きょうじん》な人工素材製ではなく、もろい木でできているかのように。

宇宙考古学者は息も荒く立ちどまった。

ドモ・ソクラトは装甲ドアのそばでとまる。身を起こして、からからと笑い、「見せつけてやったな、わが友よ！」と、叫ぶ。わざとストーカーを思わせる言葉を選んだ。

ベンク・モンズもいっしょに笑ったが、すぐ真剣になり、「それで、これから？」と、たずねる。「われわれは、ソトの護衛部隊とやりあうためだけにピラミッドを苦労して通りぬけたのか？」

青灰色の影は消えていた。重力はもはやテルツロックの二・三六Gではなく、ほぼ一Gだ。だが、この違いに意味はなく、なんの証拠にもならなかった。したがって、まだビッグ・プラネットにいるのか、すでに衛星にきているのか、判断はつかない。

「どこかに宇宙船がいるはずだ」ドモ・ソクラトが応じる。「一隻はいるにちがいない。それを見つけなければ。接近してもらい、その船で脱出する」

「それは、われわれが衛星にいることが前提になるが」

「そのとおり！　だからまず、どこにいるのか解明しなければならない。それは、ごくかんたんだろう。走りつづけて、ピラミッドの外に出るか、衛星の外に出るか、どちらかだ」

ベンク・モンズは笑った。

「いいアイデアだ。それで護衛部隊を恐怖と驚愕に突き落としてやろう」そういって、走行アームをおろす。大きな手を力強く床にぶつけると、火花が散ってメタルプラスティック合金の塵が空中で渦を巻いた。宇宙考古学者は頭をさげて身体分子構造を転換し、重金属砲弾のような勢いでドモ・ソクラトとともに壁を破った。

サイレンの音がけたたましく鳴る。

「もう終わりだ！」パニックがにじむライクの声がインターカムから響いた。「それぐらいでやめろ。きみたちと話がある」

むせたようだ。ひどく咳《せ》きこんだのち、あらためて発言した。

「失礼した！」と、叫ぶ。「破壊工作をやめるよう、お願いさせていただく。われわれ全員を危険にさらしておられる。話しあいましょう」

二名のハルト人は爆笑した。アコン人がていねいないいまわしを使ったからだ。だが、相手にせずに、ドモ・ソクラトは手足すべてを床についてラボを横切り、頭から突っこんで棚を粉砕した。テルコニットのようにかたい手が、床に深い引っかき傷をのこす。

「恐がってぺらぺらしゃべっていたな」ベンク・モンズが笑う。はしゃいでドモ・ソクラトに駆けよると、背中に乗って力強く踏み切った。マシン室手前にそびえる透明な装甲プラスト壁を、高さ二メートルほどの個所で貫通した。

「あのハゲタカはもっと早く考えなおすべきだったな」ドモ・ソクラトが大音声をあげてマシン横の床に着地。マシンに力強く蹴りを入れる。おもちゃのようにあっさりと床からはずれた。

「前進！」

ソクラトは宇宙考古学者のそばを走り去り、頭から次の壁に突っこんだ。壁は耳をつんざく轟音とともに飛散する。ハルト人はきりきりまいしながら宇宙空間に飛びだした。

一瞬にしてマシン室から空気が抜ける。

ベンク・モンズはドモ・ソクラトを追った。壁の開口部から宇宙空間を見やる。もはや友は見あたらない。ドモ・ソクラトは……回転しながら……衛星からはなれていったようだ。

かれらの下には、グリーンで、見わたしきれないほど巨大なビッグ・プラネットがひろがっている。

ベンク・モンズは愕然としながらドモ・ソクラトを探した。友が遠くまで流されていないよう願った。危険ではない。ハルト人はみな、いざとなれば最大五時間、宇宙服なしで宇宙空間に滞在できる。そのうえ、ドモ・ソクラトは戦闘スーツを着用している。呼気のない空間でも、備蓄物資を酸素に変えることは可能だ。同時に、脳細胞の温度をさげることで、平常の酸素必要量の二十パーセントほどですむようになる。

数分が経過。ドモ・ソクラトが浮遊しながら近づいてきた。戦闘スーツのヘルメットは閉じている。笑いながら、手を使って開口部から入ってきた。愉快そうに目が光っている。

「これでわかったな、われわれは衛星にいる」数分後、保安ハッチを通ってべつの空間にうつってから、ドモ・ソクラトがいった。充分に加圧されているため、ヘルメットは開いている。

「まちがいない」ベンク・モンズが同意する。「だが、それでどうする？　宇宙船を探しつづけるか？」

「そんなチャンスはやるものか」ライクの怒りに震える声が響いた。「きみたちを抹殺するよう、部下とロボットに命令した」

二名のハルト人は顔を見あわせた。勝ち目はほぼないとわかっている。逃げ道を探す時間は、のこされていない。

ドモ・ソクラトはためらった。存在するはずの宇宙船をどの方角で探すべきか、わからない。装甲プラストの透明な壁ごしに、数台のマシンがある隣りのキャビンが見えた。ハッチが開き、エネルギー・ブラスターで武装したスプリンガー四名が入ってくる。次のハッチまで、わずか数歩。それが横にスライドして開けば、すぐに撃ってくるだろう。

ハルト人二名の周囲の床がにわかに割れた。グリーンと赤の火焔が轟音とともに天井まで吹きあがり、炎につつまれる。床が大きな音をたてて崩壊し、猛烈な勢いで天井が吹き飛んだ。

＊

ティルゾは苦痛のために悲鳴をあげた。両手をさっとあげ、皿頭に押しつける。

キャプテン・アハブは驚いてかれを見て、

「どうした？」と、たずねる。二名は司令室のそばにいたが、ブルー族のキャビンに行く途中でティルゾがナックとふたたびコンタクトをとろうとしたのだ。

「よく、わかりません」ティルゾはとぎれとぎれに、「ナックになにかが起きたようです」

そばのキャビンから騒々しい音がした。キャプテン・アハブは急いでブルー族のそばを通りすぎ、ハッチを開けた。あとにつづいたティルゾは二名のハルト人を目にした。手足を床についてうずくまり、どこにいるのかよくわかっていないようだ。ゆっくりと身を起こす。

「ドモ・ソクラト！」ストーカーが安堵して叫んだ。「ということは、あのナックが助けてくれたのだ」

「あなたはだれだ？」二名のハルト人の一名がたずねる。威嚇するように身を起こした。

「ストーカーだ、わが友よ」キャプテン・アハブが応じる。「マスクに入っている」

「ここはどこです？」もう一名のハルト人がたずねる。

「《オスファーI》の船内だ」と、ストーカー。「司令室のすぐそばにいる」

ドモ・ソクラトは笑った。

「何者かがソトの護衛部隊を相手に、われわれが破滅したと見せかけたようだ。それから、われわれをここまでテレポーテーションでうつしたのだろう」

「そうだ。それがだれだったのかもわかっている」キャプテン・アハブは応じた。二名のハルト人はまだ疑っているようだ。そこで、ストーカーはティルゾや自分とともに司令室までくるよううながした。船長が先に立ち、ハッチを開ける。

ドモ・ソクラトと宇宙考古学者はためらいながらついていった。キャプテン・アハブの話は事実だと、まだ確信できなかったのだ。司令室に入り、モニターや装置で、ビッグ・プラネットから遠くはなれた宇宙船にいると確認してようやく、緊張を解いたのである。

＊

《オスファーI》がコズミック・バザールのベルゲンに到着すると、ジュリアン・ティフラーとニア・セレグリスが乗船した。二名はキャプテン・アハブに銀河系へもどるようもとめた。

ティルゾと《オスファーI》の船長が、これまでの出来ごとを説明する。

「それならきみは、ディアパスとして火の洗礼を耐えぬいたんだな」GOIのチーフはブルー族にいった。かれらは軽食をとろうと食堂にきていた。

「そのとおりだ」キャプテン・アハブがほめる。

「つまり、次はより大規模な作戦に参加させられるということ」ティフラーがおおいに満足していった。二名のハルト人もそばにいて、かれらの体重に耐えられるよう特別に用意されたシートにすわっている。ティフラーから好意的な目で見られて、ティルゾは居心地の悪い思いをした。

「もっとうまくやれたはずだと思うんです」と、ブルー族はいった。

「われわれはきみのディアパシーの成果に非常に満足している」ティフラーが応じて、

「きみはわかっていたのだろう？　ナック以外であの謎の生物とコンタクトできる者は、自分だけだと。かれらはエスタルトゥ種族のなかでも例外的で、スティギアンでも意思疎通はできない」

「ほんとうに、そんなに大変なことなんですか?」ティルゾがたずねる。その意味に驚愕したような顔をしている。いまになってはじめて、ほんとうに重大な任務をまかされるのだと理解しはじめた。その特殊性のために、かれはティフラーやGOIにとって貴重な戦力になったのだ。

「じつに大変なことだよ」GOIのチーフが請けあった。「きみがいてくれて、われわれはほんとうに幸運だ」

ティルゾは皿頭をさげた。ばつが悪くなって両手を見る。こんなにほめられるとは、思ってもいなかった。

「ひとつ訊きたいことがある」と、キャプテン・アハブ。

「わたしに答えられることであれば、答えよう」ティフラーが約束する。

「闇商人から受けとったパラ露のしずくだが、なんのために必要なのだ?」

ティルゾは驚いて船長を見た。

「でも、あなたがいったんでしょう。ビッグ・ブラザーのぶんだって」

キャプテン・アハブは手の甲で口もとをぬぐった。目の奥を光がかすめる。楽しんでいるのだ。自分も解けない謎にブルー族を直面させたために。

「すでにビッグ・ブラザーのことは何度か耳にしている」と、ストーカー。「だが、その言葉の裏にだれが、あるいは、なにがかくれているのか、残念ながら知らない。ティフなら話してくれるだろう」

「すこし頭をひねってみたらいい」ティフがいう。

「つまり、教えるつもりはないと？」

「ない！」

「〝それ〟がビッグ・ブラザーなのか？」ストーカーが重ねて訊く。「あの超越知性体が、ようやく機嫌をなおしたのか？」

「もしかしたらね？」

「あるいは、ペリー・ローダンか？　コスモクラートの呪いが解けた？　かれが帰還するのか？」

ジュリアン・ティフラーは謎めいた微笑を浮かべた。

「ビッグ・ブラザーとはだれだ？」キャプテン・アハブがたずねる。「ヒントぐらいはいえ」

ＧＯＩのチーフは、笑うばかりである。

ハルト人の反乱

H・G・エーヴェルス

登場人物

エルサンド・グレル……………アンティ。《ブリー》艦長。ＧＯＩの潜在的テレパス

シド・アヴァリト………………アンティ。ＧＯＩの潜在的テレキネス

ルーラー・ガント………………エプサル人。《ブリー》操縦士

クスルザク………………………トプシダー。《ブリー》探知士

バス＝テトのハルコン…………アコン人。《カルマーⅢ》艦長

トクトル・カグン………………ハルト人

ティグ・イアン

（スティギアン）…………ソト。銀河系の支配者

ヒゴラシュ………………………ヴォマゲル。スティギアンの家臣

1

かれは孤独だった……はてしなく孤独だった。

宇宙艦から放出されたのち、いまは着陸カプセル内で横たわり、待っている。周囲を直接見ることはできない。このカプセルに透明キャノピーをつけたところで、意味はなかろう。高性能ポジトロニクスによるパッシヴ探知システムがあり、間接的に見るほうが便利なのだ。ポジトロニクスが探知結果を処理して、乗員の理解能力や身体条件に合わせてカプセル内面に映像を投影する。

「冷静になれ、ヒゴラシュ！」かれは自分にいいきかせた。自然に見えるプロジェクションの、圧倒的で巨大で硬直して見えるものによって、理性が崩壊しかけていたからだ。

銀河中枢凝集体隆起部の奥では、恒星が密集して、すべてが同時に突進してくるかのように輝いている。この殺到効果は目の錯覚だと、ヒゴラシュは理解していた。探知結果の特殊処理から、それは明白だった。それでもこの光景が引き起こす戦慄から身を守ることはできなかった。

だが、この眺めに抵抗力をつけなければならない。これからしばらく見つづけることになる。

徐々におちついてきた。こうべをめぐらし、猛烈にまばゆく光る恒星凝集体に目をやった。ひしめきあう恒星のあいだは赤熱《せきねつ》する水素ガスで満たされている。あれが、銀河系の本来の核である。きわめて強力なハイパー走査機でも、あの核の奥へと数光日以上の距離を探ることはできない。パッシヴ探知システムでは、想像をこえるあの凝集体の〝表面〟が見えるだけだ。表面下で吹き荒れる爆発力がますます予感される。次の瞬間に、銀河中枢はビッグバンに近い原初的な力で猛然と爆発するのではないか、そう思えてきた。銀河系の隆起部や、ほかの個所で吹き荒れたのちに、死と荒廃をのこしていくのではないかと。

しかし、それは物理的に不可能である……と、ヒゴラシュはすぐに理解した。ポジトロニクスが処理した銀河中枢の映像、そのとほうもない印象に対して、かれの繊細な心は免疫を獲得していた。ミッションの第一段階で向けられるはずの、敵意や困難にそなえたほうがいい。

だが、わたしは充分に安定化している！　かれはそう考えた。いちめんの炎から識別された、繊細に分布するガス体からなる繭《まゆ》を観察する。そのなかに円盤状の銀河系全体がつつまれている。恒星凝集体の隆起部に向かって上下からたえず流れこみ、遠心力で加速されて銀河平面に投げだされるこのガスは、密度は低いが量は充分にあり、そこから毎年あらたな恒星がひとつ生まれる。こうして数十億年後には、銀河系のガス体の四分の一が恒星となっているのだろう。

視覚シグナルのために、思考の脱線は終わった。われに返って着陸カプセルの前方プロジェクションに集中する。むろん、これも処理されている。

コイン大の赤みがかった恒星ハルタが見えた。つまり、のこるはわずか数光時。だが、ハルタは目的地ではない。したがって、そこまでの距離を検討する必要はなかった。

かれの目的地はこの地味な恒星をめぐる唯一の惑星である。惑星は、着陸カプセルと赤みがかった恒星のちょうど中間に位置しているはずだ。このカプセルの頭脳は、まわり道をするようにはプログラミングされていない。

ほどなく、惑星のプロジェクションもあらわれた。

最初は赤くおぼろに光る三日月形にしか見えなかった。だが、カプセルが五次元凝集体のひとつで減速されて最終的な着陸コースに入ると、惑星の昼の側全体が見えた。

この五次元凝集体は、銀河系のこの宙域に数多くあるもののひとつにすぎない。このあたりに遍在し、銀河系の繭から出る水素流の遠距離移動において重要な役割をはたしている。宇宙船はこれをよけて通るが、超強力エンジンと高エネルギー密度防御バリアをそなえている場合には、これを無視する。

ヒゴラシュのカプセルは、五次元凝集体に対して一定の角度で突入するようプログラミングされ、その形状は突入時に生じた渦を利用して減速するよう設計されている。そのさいに、原子にまで崩壊することはない。

この最後の思考は、ヒゴラシュになにかを連想させた。かれの身に起きて、かれの心を敏感にさせたものを。

とはいえ、そのなにかのおかげで、このミッションで遭遇する者たちのメンタリティにすんなりと順応することもできるのだ。

五次元凝集体を出ると、赤みがかった恒星はヒゴラシュの着陸カプセルの後方に位置していた。機首は大きな古い惑星に向いている。

だが、カプセルは急速に減速した。一時間、また一時間と過ぎても、惑星は目に見えて大きくはならなかった。それでもヒゴラシュは気にしていない。まだ時間はたっぷりとある。そこで、数時間眠った。まったく眠らなくてもやっていけるのだが。

ふたたび目ざめると、標準時間で十七時間が経過していた……惑星、あるいはそのプロジェクションは、はるかに大きく見えている。大陸や海洋の輪郭、さらに、大気圏の層の上を泳いでいくかに見える大きな白い綿雲を、ヒゴラシュは三つの目で鮮明に見てとった。

ふたたび視覚シグナルがあらわれた。今回は光シグナルもくわわっている。

ヒゴラシュはシートのインコニット糸超高密度織り特殊ハーネスを締めた。強く勧告されたとおりに。万一の緊急減速のさいに……可能性はごく低いとはいえ……カプセルのスーパーアトロニタル合金外被から光速の砲弾のように投げだされるのを防ぐためだ。むろん、きわめて強力なハーネスであっても、制動力が強すぎれば切れるだろう。だがすくなくとも、カプセル外被が衝撃を乗りこえたのちに閉鎖系内で生きていられる可能性はあった。

しかし、その場合にはミッションは実行できなくなるだろう。そのような急制動を〝耳ざとい〟ハイパー走査機が見逃すはずはなく……人目につきたがっていない何者かが宇宙からきたと、知られてしまうはずだ。きびしい時代を迎えているために、正体がわかるまで閉じこめられるだろう。

いちばんいいのは、すべてを忘れることだ！　と、ヒゴラシュは考えた。興奮してもしかたがない。それに、なにもかも、なるようにしかならない。

シートの背にもたれて、やってきたあの場所に思いをはせた。

まもなく、笛のようなシグナルが鳴り、カプセルが惑星大気圏の上層に入ったと知らせた。だが、笛のような音を発したのはシグナル発信機であって、空気との摩擦音ではない。いずれにせよ、着陸カプセルに外側マイクロフォンはついていない。あっても機能しないだろうが。

大気圏のさらに濃厚な層に達するまで、もうしばらくかかった。周囲のプロジェクションョン映像が徐々に消えていく。ヒゴラシュがカプセルのはるか下方に最後に見たのは、塔のようにそそり立つ積乱雲だった。いくつかの雲間の穴から海面が見える。波が硬直して見えるのは錯覚にすぎない。カプセルの高度が高いためだ。

このすべてを目で見ることはできなかった。そのかわりにエレクトロン映像やデータがカプセルの内面に投影され、変化しつづける飛翔体の状況を随時ヒゴラシュに伝える。それは大気圏に突入する流星の挙動とほぼ同じだった。まず、暗赤色に光り、どんどん明るくなって、一部が分かれていく。最初はちいさな破片が、ついでどんどん大きなものが。最後にはばらばらになり、海に落ちて沈んだ。

ただ、ヒゴラシュのいる破片だけは沈まなかった……すくなくとも、すぐには。しばし海上を漂い、蒸気の雲につつまれる。

強化壁でかこまれた内部ユニットがすこし冷えると、ヒゴラシュは爆破装置のスイッチを操作した。内部ユニットの金属にしこまれた、きわめて危険だが熱には絶対に反応しない従来型爆弾が、くぐもった轟音《ごうおん》とともに爆発する。

爆発は内部ユニットを大きくふたつに分けた。どちらもすぐに水が入って沈む。

ヒゴラシュは赤い戦闘スーツのヘルメットをまだ閉じていた。ハーネスをはずして背《はい》囊《のう》のグラヴォ・ジェット装置を作動させ、波の上すれすれを東へ飛翔する。

まもなく、銀河系全体に影響をおよぼすであろう決着がつけられる場所へと……

*

水上を飛んで、霧のかかるジャングルをこえ、乾燥したサヴァンナ上空を合計八時間ほど飛翔したのち、ヒゴラシュは〝その山〟を目にした。山には惑星の住民と同じ名前がつけられている。この惑星には山がひとつしかないためだ。

だが、その山がここにあるのは、ハルトへの訪問者が持ちこんだためだった。これはピラミッド形の鉄ニッケル隕石なのである。正方形をした底面の一辺の長さは一・五キロメートル。高さは六百メートルで、頂上は切断されている。このために、ピラミッドの切り株というべきかもしれなかった。

この頂上に、高さ八十メートルのドーム形建造物がある。その建物の素材は、インケロニウム＝テルコニット合金の性質をすべてそなえているうえに、それ以上の利点もいくつかあり、色は明るいブルーで、内側から光を発していた。

このドーム形建造物は、ウパニシャド学校である。ここは、ハルト人種族の偉大な哲学者にちなんで名づけられていた。

〝モジャグ・トルベド〟と！

ヒゴラシュはちいさな森の空き地に着陸した。球形ヘルメットをうしろにはねあげ、呼吸装置をオンにする。すぐに、あたたかくすがすがしい空気が細胞をなでるさまを感じた。空気をとりこみ、かぐわしい香気を味わう。心地よかった。聞かされていたとおりである。

しばらくして、ヒゴラシュは柱状脚で森を歩いた。森のへりにきて、立ちどまる。目をすこし出すと、頸のないドーム形の頭部をまわした。

見わたすかぎり、無人だった。到着が早すぎたようだ。だが、一瞬たりとも疑わなかった。すべては予定どおりに起きるはずだ。

きのう、ハルト人はギャラクティカムを脱退した……しかも、劇的に。あれを重大な理由のない行為だと考えるのは、素朴な心情の持ち主だけだろう。ヒゴラシュは、どちらかだという気がしていた。ハルト人が恒久的葛藤の教えを受け入れて、永遠の戦士になる教育を受けるべく、ハルトのウパニシャド学校に大挙して押しかけるか……あるいは、ウパニシャド学校の撤去とパニシュ全員の退去をもとめるのか。

どちらが実現するのか、ヒゴラシュにはどうでもいいことだった。関心はべつのところにある。

がまん強く四時間待った。そのあいだはなにもせずに、ウパニシャド学校を訪問すべきだろうかと、考えていた。

だが、決断をくだす前にパッシヴ探知が弱いショック波前線をとらえた。ハルトのすぐそばで一隻の宇宙船が超光速航行を終えて通常空間に復帰したのだ。

とはいえ、ハルト船ではない。短時間、ショック波前線を計算処理したのち、直径二百メートルの球型船と判明した。ハルト人はこれほど大きな船を建造しない。たいていは直径百二十メートルで、それより大きいことはほとんどない。それで充分なのだ。基本的に、船内には一名のハルト人しかいないためだ。

ヒゴラシュはアクティヴ探知もオンにした。超光速作動走査機を使い、まもなく球型船の現在ポジションを割りだした。すでにハルトのすぐそばにいる。むろん、障害前線が惑星にとどくまでのあいだに球型船はさらに前進していた。

ヒゴラシュはアクティヴ探知を切り、いくつか計算した。球型船の着陸地点が高い蓋然性で判明する……着陸するとして、だが。

すぐに決断をくだした。ヒゴラシュは走行アームと作業アームをおろすと、六つの手足すべてで走り、まもなく時速百二十キロメートルまで加速する。

三時間後、算出した球型船の着陸地点に到達。船はすでに着陸脚と着陸皿をおろしていた。ハルトにしてはじつに奇妙な景色のなかに。

だがこれは、地質学的に自然発生した形態ではない。ハルトにしては奇妙なものだ。

どちらかといえば建造物、いやむしろ建造物の風変わりな集合体である。

ハルト人は通常、自分のためだけに建てられた一軒の家に、単独で暮らしている。かれらは単独行動者なのだ。そのために、ハルトには都市やそのほかの建物集合体は存在しない。

ところが、ここにはすくなくとも三千の建物が不規則に景色のなかにちりばめられていた。ドーム形や箱形、高層住宅、さらに、多様なタイプの建物が組みあわさったちぐはぐな集合体まで！

これはじつに奇妙だった。ヒゴラシュは自問する。なぜこの情報を知らなかったのだろうか、と。ハルトで理解できないことなど、あってはならないはずだ。

着陸した球型船まで、五百メートルほどのところでとまった。あれはテラ様式の宇宙船で……テラナーが乗っているようだ。外被には家ほども大きいインターコスモの文字で《ブリー》という名称が刻まれている。

ヒゴラシュはさらに考えこんだ。引きかえすべきか、それともあの宇宙船に近づくべきか。そのとき、一グライダーが雲を切ってあらわれて、音もなく優雅に弧を描き、球型船に向かう。

ヒゴラシュは立ちつくした。まずは観察すると決めた。あそこでなにが演じられるのか、探りだすために。

グライダーは球型船のすぐそばに着陸。にわかに宇宙船の下極ハッチが開き、ハッチと地面とのあいだにエネルギー斜路ができる。

ヒゴラシュは映像を拡大して、指向性マイクロフォン受信機をオンにした。次の瞬間、グライダーの真横にいるかのように船と周囲が鮮明に見えた。

エネルギー斜路の上に二名の人物があらわれて、浮遊しながらおりてくる。グライダーの四つのハッチが開き……赤い戦闘スーツを着用した四名のハルト人がおりた。柱状脚を踏み鳴らし、からだを揺らすように歩いてエネルギー斜路の下端まで行き、立ちどまる。

ヒゴラシュはふたたび球型船の二名に注意を向けた。女と男だ。どちらもヒューマノイドだが、テラナーとは外見がすこし違う。

どこが違うのかと考える。すぐにはわからなかったが、急に思いついた。とにかく女のほうだ。

頭を剃りあげている！

それだ、と、ヒゴラシュは該当する情報を思いだした。赤色連星アプトゥトの第十六惑星トラカラトでは、女が頭を剃りあげるのが最近の流行なのだ。

トラカラトは、植民地アルコン人の遺伝子が変異した後裔《こうえい》、いわゆるアンティの主要惑星である。

したがって、エネルギー斜路にいる女はアンティのはずだ！

ヒゴラシュの視線が無意識にその女へと吸いよせられた。にわかに感じる。あのアンティへの好意の波で、心が満たされるさまを。

その原因は、自分と彼女とのあいだに一定の類縁性ありと認識したことかもしれない。かれ自身も祖先にくらべて遺伝子が変異している……正確にいえば、遺伝子安定化・湿潤軟化処理されている。

ヒゴラシュは感情の波をおさえて自分をコントロールするために努力が必要だった。そのため、指向性マイクロフォンがあってもハルト人とアンティの会話をよく理解できなかった。男のほうもアンティにちがいない。ささいなことから推測するしかないのだが。

聞きとれたかぎりでは、《ブリー》はハルトへ特殊貨物を運んできている。だが、荷おろしはまだすんでいないようだ。

とはいえ、それはほとんどヒゴラシュの関心を引かなかった。かれの思考は、どうすればあの女アンティとコンタクトできるのか、という問題だけに集中していた。

四名のハルト人がグライダーに乗りこみ、スタートすると、アンティ二名は球型船にもどった。

ヒゴラシュはスパートをかけたが、今回は脚と走行アームだけで走った。まだ事情がわからないうえに、二名のアンティが乗ったテラの宇宙船へとやみくもに向かっていいのかどうかも、定かではないためだ。

しかし、宇宙船がなんの前触れもなくゆっくりと地面に沈みはじめたとき、ヒゴラシュは決意した。

コンタクトを試みて、会う……理由もすでにわかっている。かれは、女アンティに恋をしていた……

2

「注意！」トプシダーの探知士、クスルザクが叫んだ。エルサンド・グレルとシド・アヴァリトが《ブリー》の司令室にもどったとたんのことである。「一名のハルト人が接近中」

「スクリーンに表示して！」と、エルサンド。

「着艦を中止するか？」操縦士のエプサル人、ルーラー・ガントがエルサンドにたずねる。

クスルザクがスクリーンに表示させたハルト人の映像を見ながら、エルサンドは考えこんだ。

「なにが望みか、知りたいところだな」と、シド。「われわれ、ハルト人たちとはもう話したのだが」

「ハルト人は文字どおりの単独行動者よ」エルサンドが応じて、「だれか一名と話したからといって、全員と話したことにはならないわ。それに、多数派を代表できる政府も存在しない。つまり、ここにはほかのハルト人を代表できる者は一名もいないの」

突進してくるハルト人が作業アームまで使って走ってくるさまを、エルサンドは目にした。追いつく前に《ブリー》が格納シャフトに消えてしまうと、恐れているのだろう。

アンティは決断をくだして、操縦士に命じた。

「着艦！　地面側のハッチを開いて！」ついで、倉庫主任のスプリンガー、クニシュに、「ハルト人を迎えにいって、司令室まで連れてきて！」

クニシュは立ちあがり、急ぎ司令室から退出した。

エルサンドは、なぜあのハルト人はあれほど急いでいたのだろうと考えた。《ブリー》がこの惑星に数日間とどまることは、ハルトじゅうに知れわたっているはずだ。ハルト人は単身で生活しているが、ヴィジフォンで活発に連絡をとりあってもいる。

「あのハルト人の前では、積み荷の話をしないほうがいいと思う」エルサンドはシドにいった。

「でも、なぜだ？」シドは驚いて、「ハルト人は味方だろう。裏切る者はいない」

「理由はわからないけど、シド。ただ、そう感じる。わかるでしょう」

シドは考えこんでエルサンドを見た。やがて、てのひらを数秒間、上に向けた。アルコン人やその類縁種族のあいだで、テラナーが肩をすくめるのと同じ意味を持つしぐさである。

「了解！」と、シド。

そのころすでに、ハルト人もクニシュの案内で入ってきていた。奇妙な光景だった。巨漢の身長は三・五メートル、肩幅は二・五メートル。体重は二トンほど。それが、《ブリー》司令室の奥へと慎重によちよちと進んでくる。まるで、床が紙製で、装置が薄い磁器でできているかのように。

ハルト人は立ちどまった。クニシュがとまり、手でエルサンドをさししめす。「われわれのミッションのリーダーで、《ブリー》艦長の、エルサンド・グレルだ」

「本艦へようこそ！」と、エルサンド・グレル。

「ありがとうございます、マダム！」ハルト人が明らかにおさえた声で叫ぶ。「わたしのために艦の降下をとめてくださって、心から感謝いたします。わたしは、アクトゥン・オロトと申します」

エルサンド・グレルは、話し方を変えようと、急いで頭のなかで言葉をかき集めた。ハルト人は基本的に、同族やべつの種族の者とかたくるしく言葉をかわすのだと思いだしたのは、きょうで二回めだ。ほかのすべてのギャラクティカム種族がざっくばらんに話すようになっても、ハルト人は変わらなかった。ハルト人が敬語を使わないのは、ごく親しい友とのあいだだけで……このルールを守らない者には心を閉ざしてしまう。

「いらしていただけて、うれしく思っています」そこで、アンティはこう応じた。「なにかお飲み物はいかがですか？　でも、ソファはありません。ご理解ください」

「いえ、その、われわれは、あなたがたの言葉でいえば、重量級ですから、マダム」と、アクトゥン・オロトが応じる。

いいかげんにして、なにが望みか話しなさいよ！　と、エルサンドはいらだって考えた。するべきことは山ほどあるっていうのに、どうしてあなたは、そんなふうにずっとわたしを見ているの？

「失礼ですが、サー！」シド・アヴァリトが割って入った。「いくつかお酒を用意しましょうか。もし、数リットルほどお飲みになりたければ？」

「いえ、いえ、酒は飲みません！」ハルト人は驚いたしぐさをして断った。「せっかくのお心遣いをお断りして申しわけないのですが、アルコールにはアレルギーがありまして」

ついで、ふたたびエルサンド・グレルに、

「あなたを長くお引きとめするつもりもありません、マダム。テラからいらしたのですか？　いえ、あなたの個人的なことをおたずねしているのではありません。その流行の髪型から、アンティだとわかっています。わたしが訊いているのは艦のことでして」

エルサンドは笑った。一時間前に剃ったばかりの頭を片手でなでる。

「この髪型に触れるのは、すこし的はずれだと思いますよ。あなたが銀河系の最新流行をご存じなのはすばらしいことですが。あなたの質問に答えるなら、いいえ、テラからではありません。われわれは、クラーク・フリッパー基地からきました」

ハルト人は大きな口を何度か開閉し、大音声《だいおんじょう》を発した。

「クラーク・フリッパー基地から？　しかし、マダム、ならばあなたは、あの……あの……」ふさわしい言葉を探しているが、見つからないようだ。

「有機的独立グループ」と、シドが助け舟を出した。「みじかくＧＯＩと呼ばれている。クラーク・フリッパー基地は、われわれの本部基地です」

「なるほど」アクトゥン・オロトが大声で、「まさか、あなたもですか、マダム？」

「そのいい方は、あなたの目にはＧＯＩが犯罪組織だとうつっているように聞こえますよ」エルサンドは驚いていった。

「いや、そんなことは、マダム！　あなたを犯罪者だと思ったりは、していません。すこしとまどっただけです。あなたのような繊細なかたが、戦闘組織の一員だとは、想像もつかなかったので」

「お世辞をありがとうございます」と、アンティ。

「お許しください、マダム」ハルト人は混乱したようすで、「帰らせていただいてもよろしいでしょうか？」

「もちろんです。いつでもいらしてください」

「そういっていただければ、お言葉に甘えます、マダム」それから、オロトはクニシュにいう。「もしよろしければ、外までご案内願えますか？」

「もちろん」スプリンガーは応じて、ハルト人の先に立った。

「奇妙なやつだったたな」クニシュとアクトゥン・オロトが去って、装甲ハッチが閉まると、ルーラー・ガントが口を開いた。「なにかがおかしい」

「なにがいいたいんだ？」と、シド・アヴァリトがたずねる。

エプサル人は額を指でつついて、

「どこかようすがおかしかった。いいたいのはそういうことだ。暴力行為に出なかったのは、幸運だと思う。ここの装置をすっかり壊していたかもしれない」

「われわれのこともいっしょにな」火器管制将校のフェロン人、シンダラーがいう。

「ハルト人は、個人をこえた利益のことになれば全員が結束する、そう確信していなかったら……」エルサンドが考えごとを口にする。

「たぶん、アクトゥン・オロトのことを戦士崇拝の支持者だと考えただろうな」彼女のかわりにシドが話をまとめた。

「そのとおりよ」エルサンドが認めて、「オロトはこういいたかったのではないか、という気がしたわ。〝ならばあなたは、あの反逆者集団の一員だ〟みたいなことをね。ただ、最後までいわなかっただけで」

「きみがGOIの一員だということに、ずいぶん驚いていたな」クスルザクがふくみ笑いをしながら、「しかし、かれの最大の関心はきみにあったようだ。〝繊細なかた〟とは。きみに恋をしているのかもしれない」

「ハルト人なのよ！」エルサンドは困りはてたふりをして、冷淡にみじかく笑った。

「わたしをからかうつもりなんでしょう、トプシダー！　ハルト人が恋をするとしたら、自分に対してだけよ。かれらは単性生物なんだから」

「かれらは長い歴史を持つ文明種族だ」クニシュが割って入る。「だから、かれらの場合には、愛のような感情はかならずしも性衝動と結びついてはいないのかもしれない」

「わたしもそう思うわ」と、エルサンド。「おかしな話ね！　とにかく、アクトゥン・オロトはようすがおかしかった。オロトはすぐに着陸地点からいなくなったの、クニシュ？」

「ああ、そうだ」スプリンガーは応じて、からからと笑った。「ハルト人があんまりぼんやりしていたものだから、エネルギー斜路をふらふら歩いているあいだにあの斜路を切ってしまえ、という誘惑に負けてしまったがね」

「そんなことは礼儀に反しているわ」エルサンドが責める。

「気がつきもしなかったようだよ」スプリンガーは残念そうに、「カムフラージュされた地面にクレーターをつくったのに、なにごともなかったかのように、そのまま歩いていった」

「ほんとうにうさんくさいな！」シド・アヴァリトが考えこむ。「こんなことがつづかなければいいんだが。カトマンズでのときみたいに、謎めいたことがここでも起きるなんて、お断りだ。観光客グループといっしょに旅をしていたはずが、知らないうちにウパニシャド学校チョモランマの封鎖地区に移動していた。〝白い寺院〟というホテルで起きたことすべてを考えてみたら……！」

「思いだせたの、シド？」エルサンドが期待をこめてたずねる。

「いいや、〝白い寺院〟の出来ごとは、まだブラックアウト状態だ。でも、ホテルのまるまる太った支配人、キチドグ・ロルヴィクが一枚かんでるほうになにを賭けてもいいな。それから、親戚のダライモク・ロルヴィクのプシ能力をすこしそなえているってことにも」

「そんなの勘違いよ」と、エルサンド。「神聖寺院作戦のあとで、ティフがカトマンズやその周辺を調査させたの。判明したのは、キチドグ・ロルヴィクは裕福で重量級だけど、それ以外はごくふつうの市民だってこと。プシという言葉がなにを意味するのかさえ、知らないわ」

「ミツバチも、建築という言葉がなにを意味するのか知らないが」ルーラー・ガントが口をはさむ。「建築学的に驚くべきハチの巣構造の巣をつくる。では、着艦をつづけてもかまわないかな、艦長？」

「ええ、もちろん！」と、アンティが応じる。「おしゃべりをしていて、忘れるところだったわ。着艦をつづけて、ルーラー！　シド、ふたりで抗法典分子ガスの保護容器をチェックしましょう。絶対にトラブルが起きないように。さもなければ、ハルト人のすばらしい計画が失敗に終わってしまう」

「よし！」シドが応じて立ちあがり、「《ブリー》艦内の抗法典分子ガスは完璧に守られてるから、ネズミ一匹通さないと思うがね」

　シドははっとして、思わずいった。

「アプツラドの謎にかけて、なんでテラのいいまわしばかり使ってるんだ？」

「そのほうが伝わるからでしょう」と、エルサンド。「とにかく、ほかにいいたとえはないんだし」

3

セロンカー・ウト・ブレインは退屈していた。

ウパニシャド学校モジャグ・トルベドは、十六年前からハルトの山上にある……みごとな建築の英雄学校だった。

ただ、いまのところ英雄は一名もいない……つまり、ここで教育される英雄の称号を望む候補生がいないのだ。

これまで、シャド、つまりウパニシャド学校の生徒に志願するハルト人は、一名たりと出ていない。面の皮が厚いあの巨漢たちは、信じられないほど頑固で、あれほど費用をかけてキャンペーンをしたにもかかわらず、ただ一名のシャドさえ住みかからおびきだすことはできなかった。

セロンカー・ウト・ブレインは自問した。ハルト人たちはなぜ、どっちつかずな態度をとるのか。かれらの惑星にウパニシャド学校を建設するにあたって、反対はいっさいなかった。それでいて、学校の存在はとにかく無視している。

その結果、ソト＝ティグ・イアンはウパニシャド学校モジャグ・トルベドの人員を徐々に削減し……NGZ四四六年のいまでは、パニシュ四名になっている。

このままでは、遅かれ早かれウパニシャド学校モジャグ・トルベドは閉校になるだろう。だが、ウト・ブレインは手をこまねいているつもりはなかった。ハルト人が近いうちにウパニシャド学校入学への反感を克服しなかった場合には、学校長のポストを解任してもらい、護衛部隊艦隊指揮官に任命してもらえるよう、ソトに願いでるつもりだった。そうすれば、すくなくとも名誉と名声は手に入るはずだ。

パニシュはからだの硬直をゆるめて、プライヴェートな瞑想室の壁にかかる異種族武器コレクションをしげしげと見た。背筋を伸ばす。

手を大きく振りながら、堂々とドアに向かい、ドアが開くと通廊へ出る。反重力リフトに急いで入り、下降した。そのさい、四肢を胴から大きくはなして曲げる。

ウパニシャド学校の全階層にそなわる反重力チューブのなかを浮遊して、さらに地下へ向かった。地下十階でチューブを出る。いずれにせよ、そこまでしか行けないのだ。ただし、ウパニシャド学校モジャグ・トルベドの四名のパニシュ全員が持つ特殊コード・インパルス発信機を使えば、話はべつだ。その発信機で、地下十階と地下十一階とを隔てる封鎖を解除できる。

内面の衝動に駆られて、ウト・ブレインは堂々とダシド室のハッチに向かった。おのれが弛緩（しかん）するのを防ぐために、なんとしてもふたたびエスタルトゥの息吹（いぶき）を吸わなければならない。

ハッチに触れると……開いた。

プテルスは、ひろさ五メートルかける五メートル、むきだしの金属壁でかこまれた部屋へと厳粛に入っていった。空調シャフトの格子（こうし）をのぞいて、調度品は一プロジェクターのみである。

ウト・ブレインが部屋に足を踏み入れると、プロジェクターが自動的に作動した。プロジェクターの上面に透明な反撥フィールドがひろがる。パニシュはその上に横たわり、目を閉じると、次の瞬間にトランス状態におちいった。

その胸がふだんより大きく上下する。エクスタシーに近い貪欲さでエスタルトゥの息を吸いこむ。……空調シャフトから吹きこまれる、法典分子で満たされた空気を。法典分子は呼吸器系と血液循環を介して脳に到達し、脳のなかでも大脳辺縁系に蓄積されていく。

法典分子は、すべての神経細胞中の遺伝子に対して、学習内容を排除させる知覚インパルスのように作用する。脳内の記憶物質を変化させて、長期記憶が保存されたプロトペプチドにする。

このプロセスの作用は、二重に、あるいはふたつの形式であらわれる。いっぽうでは、おのれを戦士だと感じるようになり、服従の戒律、名誉の戒律、戦いの戒律のような法典の内容に精通する……そのいっぽうで、本人も知らないうちに、法典分子が視床、視床下部、下垂体、ならびにこれらに関連するホルモン腺に作用して、抵抗できない反射行動を引き起こす。そのうえ、法典分子は身体プロセスを強化する。吸入した者は、より迅速に正確に反応できるようになり、身体能力と持久力が増し、飲食物などがない状態に対して、より長く耐えることができる。

このすべてが、セロンカー・ウト・ブレインにも起きていた……

プロセスが完了して、トランス状態から目ざめると、その瞬間、ウト・ブレインは〝完璧に覚醒〟した。急ぎ身を起こし、ばねで弾かれたように立ちあがって、背筋を伸ばす。とほうもない高揚感と強烈な自信に満たされて、ハルトのウパニシャド学校の存在意義に対する疑念はすべて吹き飛んだ。

ウト・ブレインは確信していた。すべてのハルト人が戦士になるだろう……かれらとともに、局部銀河群の全種族を戦士崇拝と恒久的葛藤に引きずりこむのは、時間の問題でしかない。

ダシド室を出て、反重力シャフトに向かい、一階まで上昇する。

シャフトを出ると、パニシュであるサタモン・ヴァル・デロスがやってきた。興奮したようすである。

「とりみだすな！」ウト・ブレインが命じる。「なにを知らせにきた？」

ヴァル・デロスは立ちどまり、冷静さをとりつくろおうとした。

「四名のハルト人が！」必死の努力にもかかわらず、興奮して大声を出す。「四名のハルト人が、外にいて、立ち入りをもとめている！」

ウト・ブレインは感激をおさえることができなかった。

「四名のハルト人！」と、ささやく。「これで道が開ける！　門を大きく開けろ、ヴァル・デロス！　かれらがシャン任命式を受ければすぐに、ハルト人が何千と押しかけてこよう！　このためにハルト人はギャラクティカムを脱退したのだ。あれは、戦士崇拝に転向する第一歩だったのだ」

うっかりと、門を開けるべく突進するところだった。だが、寸前にわれに返る。上体をすっと張り、脚をかたくるしく伸ばして、堂々と通廊を歩み、もう二名のパニシュが待つロビーに入った。ユトカルヴァー・ディス・シュンとアフテイン・ゴー・ナハンである。

ロビーのまんなかでウト・ブレインは立ちどまり、片腕を伸ばして叫んだ。「門よ、開け！」

門のポジトロニクスが命令を聞きとり、対応した操作を伝達する。

ロビーで、カラフルな光のヴェールが踊った。エレクトロン・ゴングが鳴り、両開きの門扉が荘厳にゆっくりと開いていく。

何者であろうとも、崇高な戦士崇拝にいつまでも心を閉ざすことはできない！　ウト・ブレインは勝利に酔って考えた。もう片方の腕も伸ばし、もったいぶって叫ぶ。

「きみたちのウパニシャド学校、モジャグ・トルベドに歓迎する！　もっと近くにきて、名を名乗れ。立場に応じた会話ができるように！」

四名の巨漢はもとめにしたがい、すくなくとも近よってきた。がっしりした柱状脚を踏み鳴らし、次々にウパニシャド学校の境界をこえる。黒い革に似た皮膚が、磨いたばかりのＨＡＬＵ船鋼のように光っている。血のように赤い戦闘スーツの完璧な光沢は、ワックスをかけたかのようだ。

「ただし、用件はいってもらわなければならない」と、ディス・シュン。

「もちろんだ！」ハルト人の一名が宇宙船のサイレンのような声で叫んだ。「用件とは、われわれの衝動洗濯なのだから！」

四名の巨漢全員が同時に戦いの叫び声をあげて、パニシュたちの鼓膜を破った。ハルト人たちは、襟もとにまるまっていたヘルメットを展開し、肩をならべてパニシュ四名へと力強く歩む。

＊

最初にわれに返ったのは、ウト・ブレインだった。法典分子を補給したばかりだったからだろう。

「戦いの戒律にしたがえ！」と、ほかのパニシュに叫ぶ。四名全員がほぼ耳の聞こえない状態ではあったが。

とはいえ、命じるまでもなかっただろう。すべての戦士の反射的行動は、内面から強制されるものであり、だれも逃れることはできない。

数分の一秒で、パニシュたちは戦闘態勢をとり、すばやく前進した。かれらの殴打は雷雨のように四名のハルト人に襲いかかった。

だが、巨漢たちも……やはり数分の一秒のうちに……からだの分子・原子構造を意志力で変化させ、血肉からなる生物であるにもかかわらず、テルコニット鋼の塊りと同等のかたさと抵抗力をそなえた物体となっていた。着用している戦闘スーツでも、内蔵された分子転換機により同じ変化が起こる。

こうして、あらゆる生物のすべての骨を折るはずのパニシュの殴打は、なんの効果もなくハルト人にはねかえされた。それどころではない。衝撃を受けたパニシュの手足は、しばし無力となった。

だが、ハルト人はその機に乗じてパニシュをたたきのめしたりはしなかった。かれらをあっさりと蹴散らし、ウパニシャド学校の施設を徹底的に破壊しはじめたのである。

建物の支柱をはずしてマッチ棒のように折り、壁やハッチに体当たりしてぶちぬき、破壊の大きなシュプールをのこしていく。そのさい、瞬時に適切な身体分子構造に切り替え、目では追えないほどであった。

しかし、ウト・ブレインとパニシュたちが戦いを放棄しようと考えるはずはない。立ちなおるまですこし時間はかかったが、迷うことなく戦いの戒律にしたがい、ハルト人たちを追った。かれらを妨害し、倒すために。

そうはいっても、分散せざるをえなかった。ハルト人たちも分かれて、ばらばらに衝動洗濯の嵐を引き起こしたためだ。

ウト・ブレインは〝自分の〟ハルト人のシュプールを追い、砕けた壁や家具の残骸をかきわけて、反重力リフトまで行った。巨漢が向かったのが上か下か、たしかめるべく、立ちどまる。

耳をすました。

鼓膜が破れているために、よく聞こえなかったが、壁に頭を押しつけると、〝自分の〟ハルト人が引き起こす騒ぎの振動が感じられた。

上からきている!

ショックでからだがかっと熱くなる。かれのプライヴェートな瞑想室は、ウパニシャド学校最上階のドーム屋根の下にある……これは英雄学校長の特権なのだ。あの壁にかかる、かけがえのない異種族武器コレクションが頭をよぎる。戦いの戒律にくわえて、私物である戦闘具にあらたな力をあたえられ、満たされた。

反重力シャフトに飛びこみ、腕と足でかわるがわる壁を突いて、無重力下で速度を増す。

山頂のドーム建造物は二十階建てである。ウト・ブレインは九階で〝自分の〟ハルト人に追いついた。敵はちょうど、大理石張りの祝祭ホールを石切り場に変えている最中だった。

今回、パニシュはむやみに襲いかかるのをひかえ、ハルト人の身体分子構造が硬化していない活動フェーズを待ち受けた。

電光石火で、五十キログラムほどの大理石板を投げつける。

だが、そのハルト人は、危険な戦士でいるためにかならずしも身体分子構造を硬化させる必要はないことを見せつけた。ドーム形頭部を狙ってきた大理石板を気味の悪いほどすばやくよけ、数ミリメートルでかわす。ついで作業アームの手で板をつかみ、一度ぐるりとまわしてパニシュめがけて投げつけた。

ウト・ブレインは身をかがめ……大理石板は後方の壁に当たって砕け散った。そのあいだにパニシュの足は前方へ急ぎ、ハルト人の脚をうしろからすくって倒す。

巨漢はくずおれ、プテルスの上にのしかかった。ウト・ブレインの骨が折れたかのような、みしっとはげしい音がする。だが、プテルスの骨には弾性もそなわっている。その音は両戦士の上に落ちた大理石板が発したものにすぎず、テーブルの天板は轟音とともにその役目を終えた。

ウト・ブレインは指でハルト人の目を突いた。球形ヘルメットが完全に透明で、光をまったく反射させないため、突けると思ったのだ。その結果、数本の指をねんざ。だが、パニシュは痛むそぶりも見せず、両手をこぶしに握ってハルト人の戦闘スーツの背嚢に殴打を見舞った。技術装備のほうが本人より弱いはずだと考えたのだ。

ハルト人が手を振り、パニシュは砕けたテーブルの上を吹っ飛んで壁に激突。その衝撃で、すでにゆるんでいた天井の金の巨大プレートがはずれて、トカゲ頭に落ちた。

叫び声がエレクトロン・ゴングの反響のように祝祭ホールを満たす。中規模な都市の住民をすっかり起こすほどの音である。

ハルト人はふと暴《あば》れるのをやめて、敵に身をかがめると、たずねた。

「名誉ある降参で戦闘を終えようとは思われませんか?」

ウト・ブレインは首を横に振った。ジャンプして立ちあがり、叫ぶ。「わたしはパニシュだ! わたしにあるのは勝利か死! だが、せめて名乗ってもらおう。だれと戦う名誉を得たのか、わかるように。わたしはセロンカー・ウト・ブレインだ」

「あなたのような高貴な戦士と戦えるのは光栄です、ウト・ブレイン」と、ハルト人が応じる。「わたしの名前はトクトル・カグン。しかし、礼節を重んじて戦いを忘れるわけにはいかない！」

パニシュは二度いわれるまでもなかった。ウト・ブレインは即座に空中へ舞いあがる。ジャンプしながら回転し、両足で天井を勢いよく蹴ると、砲弾のようにハルト人の背中に激突した。ハルト人は反応を誤って身をかがめていた。

こんどはトクトル・カグンが倒れ、身体分子構造を硬化しきれないうちにウト・ブレインから猛烈な連打を浴びた。だが、この攻撃でパニシュ自身が消耗してショック状態になり、立ったままノックアウトを食らったかのようによろめいた。

「あなたはわたし好みの敵ですぞ！」トクトル・カグンは大音声をあげ、横から足ばらいをかけてパニシュを倒し、からだを硬化させた。テルコニット鋼の塊りのようにそばの壁をぶちぬく。

ウト・ブレインはゆっくり立ちあがった。深呼吸する。手足をほぐして理想的な姿勢をとれるよう、からだを揺らす。

三十秒ほどかかったが、パニシュは回復したと感じた。ジャンプして壁の亀裂を通りぬけ、ロボットキッチンの残骸を跳びこえると、猛烈な光を発した。切れた二本の高圧電線のあいだに入ったためだ。あらためて敵を追って反重力リフトのシャフトに入る。

ところが、もはや反重力リフトではなくなっていた。もう三名のハルト人のだれかが反重力フィールド・プロジェクターを破壊したのだろう。

パニシュは憤激して悲鳴をあげた。落ちて死ぬしかない、戦いは終わりだと思った。

だが、そうではなかった。完全に硬化したハルト人が十八階層下のウパニシャド学校とその下の秘密の階とを分ける隔離プレートにぶつかり、修理不能なほどへこませているあいだに、ウト・ブレインが振りまわした手が、壁のはがれかけた上張りプレートをつかんだのだ。

その反動で回転し、壁にたたきつけられる。電光石火の計算ずくの反応で、壁を突き、六階のシャフト開口部から飛びだした。

一秒弱、横たわっていたが、勢いよく立ちあがる。戦いを継続できるとよろこび、荒々しく歓喜の雄叫《おたけ》びをあげた。

ハルト人の戦いの叫び声がそれに応じ、下から上へと疾駆する轟音がつづいた。

ウト・ブレインは、理解できるまで一秒ほどかかった。ミサイルのように接近する音がしているのは、反重力シャフト横の非常らせん階段をハルト人が駆けあがってきているためだ。そのさいに、階段が〝たいらにならされて〟いる。パニシュの黄土色の虹彩《こうさい》が線ほど細くなり、把握した。あのハルト人がいままで投入していなかった余力を動員したのだ。

そうとわかって、パニシュもこれまで使わなかった余力を解放した。そばに転がる一

・五トンほどの分子圧縮メタル製T形鋼をつかみ、精神・身体能力を意図の遂行に集中させると、T形鋼で非常らせん階段の壁を打ち壊した。
だが、遅かった。

ハルト人は数分の一秒早く通りすぎていた。まもなく最上階に着くだろう。

異種族武器コレクションへの懸念がパニシュに力をあたえた。すでに崩れかけている非常らせん階段の壁を肩で破り、〝たいらにならされた〟らせん階段をハルト人に近い速さで走っていく。

最上階でハルト人に追いついた。トクトル・カグンは、どの方角に行くべきか決められないようすで立ちどまっている。

「きみはやはりトクトル・カグンなのか？」パニシュは息を切らしてたしかめた。

「もちろんです、ウト・ブレイン」巨漢は礼を失することなく応じた。

「尊敬に値《あたい》する、トクトル・カグン」意に反してパニシュはもらした。「きみと戦うことを許されたのは、大変な名誉だ。だが、きみをシャドとしてウパニシャド学校に受け入れられれば、さらに大きな名誉となるだろう。教育を受けて戦士となったあかつきには、英雄学校を破壊せんとする力だめしよりも、多くの名誉と名声が手に入るはずだ」

「申しわけないが、パニシュ」トクトル・カグンも敬意をこめて応じた。「これは力だめしではないのです。わたしと仲間たちはこのウパニシャド学校を衝動洗濯の対象物に選んだのであり……われわれは断じて中途半端《ちゅうとはんぱ》なことはしない。お許しいただきたい、これで話は終わりだ、高貴なるパニシュ」

ハルト人は身体分子構造を硬化させてウト・ブレインを横へ突き飛ばし、パニシュのプライヴェートな瞑想室のドアに体当たりした。ドアが枠ごと部屋の奥へ飛ぶ。

「やめろ!」ウト・ブレインが怒りの金切り声をあげる。「それはやりすぎだ!」

パニシュはハルト人を追ってジャンプし、殴打と蹴りのまさにつむじ風となって敵を倒した。ティウカンのニコンゼン狩りの矛槍《ほこやり》を壁からもぎとり、有機的に伸長した合金の柄の下端をつかむ。この下端から構造振動エネルギー・エレメント製の穂先や斧のプシ・パルセーションを作動させられるのだ。ウト・ブレインは武器を勢いよく振り、カグンの頭ぎりぎりをかすめた。信じられないほど甲高《かんだか》い風切り音が響く。

パニシュは、望めばハルト人を殺すこともできただろう。だが、名誉の戒律に反してしまう。

「同等の武器をとり、命を守れ、トクトル・カグン!」パニシュはハルト人に叫んだ。

カグンはめんくらったが、短時間のことである。パニシュから個人な挑戦を受けたのだと、すぐに理解した。だがおそらく、この部屋の壁にある武器は観賞用で、とほうもなく高価にちがいない武器コレクションは、パニシュの私物なのだろう。失われれば、とりかえしのつかない不名誉になりかねない。

カグンはにわかにパニシュへの憐憫《れんびん》の情を感じた。プテルスが戦士で、戦士として恒久的葛藤に忠誠を誓っているのは、かれの責任ではない。それでもカグンはパニシュや戦士崇拝全体と戦うだろう。かれらをこの銀河系から追いはらうまで。だが、ウト・ブレインに対してそれ以上の個人的恨みはなかった。

とはいえ、もし同等の武器をとって戦えば怒りを買ってしまうはずだ。この部屋を破壊して武器コレクションをなきものにすれば、即座に恨まれるだろう。

ハルト人は作業アームを片方あげて、おごそかにいった。

「われわれが死をもたらす武器をとって戦う必要はありません、高貴なるパニシュ。わたしはこの貴重な武器コレクションがある部屋を避けて、ウパニシャド学校のまだ破壊されていないほかのセクターで衝動洗濯をすることにしよう」

そういって、入るさいに飛ばしたドアを踏みこえ、外へ突進した。ほかの部屋を〝かたづける〟ために。

セロンカー・ウト・ブレインはしばらく身動きもせずに立っていた。たぎっていた血が徐々におちついてくる。ハルト人の反応に落胆すべきかよろこぶべきか、よくわからなかった。確実なのは、これまで想像もしなかった、名誉と名声に満ちた武器を用いる戦いを逃したことだ。これは落胆の理由になる。だが、そのいっぽうで、かけがえのない異種族武器コレクションはぶじだったのだ。

ハルト人はその種族らしい反応をした、そうパニシュが気がつくまで、すこし時間がかかった。あくまでも名誉ある敵として、寛容な態度をとったのだ。

「きみと戦えて光栄だ、トクトル・カグン」と、小声でいう。構造振動エネルギー・エレメント製の穂先と斧にそなわるプシ・パルセーション装置をおさめ、ティウカンのニコンゼン狩りの矛槍をもとの場所へもどす。

幾多の惑星からきた武器に愛情のこもった最後の一瞥《いちべつ》を投げて、プテルスは、なにかが弾《はじ》け、砕ける轟音を追った。敵がいまどこで破壊のかぎりをつくしているのか、告げる音を。

パニシュはハルト人の前にたちはだかった。それから三時間半、合計六十四回の戦いをくりひろげた。だが、敵を倒すにはいたらなかった。

そのいっぽうで、トクトル・カグンと三名のハルト人は、ウパニシャド学校を瓦礫《がれき》の山に変えていた。四名のパニシュは消耗して麻痺しかけた戦士になり、最後には、四つん這いで走ってハルト人に体当たりしたが、ますます弱って、効果は落ちるばかりである。

重装備の飛翔戦車の衝突にも耐える地下の隔離プレートは、トクトル・カグンが高所から落下した衝撃にも屈しなかった。だが、ハルト人たちが協力してついに破ると、四名のパニシュのうち三名は完全に士気を失って倒れこんだ。

ウト・ブレインだけはあきらめていない。

ウパニシャド学校長は瓦礫をかきわけて緊急通信ステーションに這いこんだ。プシカムを起動してソトに救難信号を発する。そこで最後の力がつきた。気を失って、くずおれる。

4

ソト＝ティグ・イアンは、銀河系中枢深部で通常空間に復帰すると、旗艦《ゴムの星》司令室の全周スクリーンをじっくりと見た。

探知分析ポジトロニクスが周囲の恒星の映像を疑似3Dヴィデオ・スクリーンに立体的にうつしだした。すべての恒星がある一点へと同時に殺到するかに見える。宇宙の一点、現在《ゴムの星》が存在している点に向かって。

だが、それはソトの心に触れなかった。このような眺めには慣れている。興味があるのは、みずからの旗艦に対して、ある特定の恒星がとっている相対ポジションだけだ。

ソトはその恒星を……あるいはポジトロニクスが作成した映像を……見た。点滅する白い矢印が目印になっている。

淡赤色の恒星だった。はるかに明るい多くの恒星がはなつ、まばゆい光にかき消されかけている。その恒星をめぐる唯一の惑星は、視覚で直接観察しても見ることはできないだろう。ポジトロニクスのシミュレーションだけがソトに惑星の存在をしめしている。

惑星ハルトはそこにあった。何十億年も前から恒星のまわりをめぐっている、宇宙の塵《ちり》のひと粒にすぎない。銀河中枢凝集体の物質質量にくらべれば無にひとしい……それでもいまは、すべてがその周囲をめぐる銀河系の焦点となっていた。

「まさにわたしの予言したとおりだ」ティグ・イアンは自画自讃の気配もなく、「ハルト人はギャラクティカムを脱退した。ギャラクティカムの弱腰な政治が、かれらには合わないためだ」

「はじめから合っていなかったのだ」クラルシュがいう。ティグ・イアンの左肩にすわり、ソトの右腕に長さ一メートルの軟骨の尾をからませていた。「ハルト人はその心理的素質によって恒久的葛藤に運命づけられている。かれらには、手ばなしでよろこばせてもらえるだろう」

「すくなくとも、もはや無害な平和の天使のふりはできまい。ハルトのウパニシャド学校を実質的に破壊したあととあっては」ティグ・イアンは満足げに応じた。

「ハルタとの距離、あと一光時半です。ハルトまでの距離は三光時と十五光分」航法士が報告する。「四隻のエルファード船と十二隻の護衛部隊艦も通常空間に復帰ずみ。合流します」

ソトは返事をしなかった。すべてが計画どおりに進行するのは当然である。ここ、銀河系中枢凝集体でも、ソトの旗艦と味方の宇宙艦は完璧に機能している。まだ中枢核には到達していない。その奥まで行けば、航法やエンジンの比較的大きな問題を解決する必要があろう。だが、あそこには、行く意味のある目的地はなかった。利用価値のあるコンタクトが成立する生命体がいないためだ。

《ゴムの星》艦長がソトの指示にしたがって命令をくだし、旗艦は光速以下でハルトにコースをとった。僚艦も同期して航行している。ティグ・イアンは司令室の通信セクションに向かい、小型特殊装置前のシートに腰かけた。

「あれはうまくいっているのか、あんたの秘密兵器は？」クラルシュがささやき、三メートルのジャンプをしてソトの隣りのシートの背に乗った。

ソト＝ティグ・イアンはこうべをめぐらし、これといった感情もなく裸の生物を見た。長い尾をのぞいて、かれの縮小版のような生物である。

ソトは自問した。六十年ほどのあいだに、このちいさなトカゲ頭蓋内の脳でなにが起きていたのだろうかと。この進行役は、当時のあるじ、ソト＝グン・ヌリコとともにグルエルフィン銀河まで飛び、迎撃された。そのさい、グン・ヌリコは度を失って落命したのである。

クラルシュは助かったが、グルエルフィン銀河のヒューマノイド生物、いわゆるゴリムが試みたペドトランスファーに反応して、遺伝子が突然変異を起こし、惑星マガラに墜落した。のちにその惑星で、テラナーであるイルミナ・コチストワに発見され、徐々に回復すると、キドと名づけられたのだった。

そのテラナーと……つまり彼女の船と……グルエルフィン銀河からきたゴリム数名がコンタクトをとったとき、クラルシュは脱出に成功した。それ以来、完全に復活してティグ・イアンの進行役をみごとにつとめている。かれが憎しみをこめて〝ソト殺し〟と呼ぶカピンたちとかかわった経験があることから、あらゆるカピン問題の重要なアドバイザーになっている。

だが、あのすべてがなんのシュプールものこしていないはずはない。そのために、ティグ・イアンは以前から考えこんでいた。どうすればクラルシュが古いトラウマを乗りこえる手助けをできるのか。ソトの考えによれば、トラウマは進行役の心の奥に居すわり、精神の健康を徐々にむしばんでいるかもしれなかった。

クラルシュにとり最良なのは、カピンと戦い、勝利を味わうことだろう。直接グルエルフィン銀河まで行く手もある。

その計画を真剣に検討すると、ティグ・イアンは決意した。ハルト人を恒久的葛藤に巻きこみ、戦士崇拝に対するブルー族の抵抗を打ち砕けば、すぐに。

「まだわたしの問いに答えていないぞ、ソト」進行役が鋭くいい、シートの肘かけの上でからだを前後に揺すった。

「いまにわかる」と、ティグ・イアンは応じて、特殊通信装置をさししめした。「ヴォマゲルからの連絡を待っている。だからここにすわっているのだ」

それが合言葉だったかのように、特殊装置中央の拡大フィールドで可視化された細胞集合体が脈動をはじめた。表面をおおう膜が銀色に光る。

「話せ、家臣！」ティグ・イアンが威圧的にいった。

「報告します」細胞集合体がヴォコーダーごしに伝える。「《ブリー》という直径二百メートルのGOI球型艦がハルトに着陸しました。しかも、ある敵と手を組んだのだ！」

「しずかにしろ！」ソトが叱責する。「ハルト人がGOIと手を組んでいないほうが不思議だ。むろん反逆者たちは、このきわめて歴史の長い種族の協力をとりつけようと手をまわしている」

「ハルト人たちはGOIと陰謀をくわだてているのだ！」進行役がやかましくいった。

「数名は確実に手を組んでいようが」ティグ・イアンはなだめるように、「断じて〝ハルト人たち〟ではない。〝ハルト人たち〟など存在しないのだから。わたしには、ほかに気になっていることがある。その大居住地のようすはどうだ、家臣？　三つか四つ以上の建物があるのか？」

「すくなくとも三千あります」と、細胞集合体が応じる。「兄も驚いていました」

「兄？」ティグ・イアンは小声で、だが鋭く訊いた。

「ハルトにいるのはわたしではなく兄で、われわれは二名であなたの家臣なのだと、気がつきました」細胞集合体が説明する。

大声でコメントしようと進行役が深く息を吸ったため、ソトが居丈高《いたけだか》に手を振った。ソトは聞きたくなかったのだ。ヴォマゲルの発言のために、すでに充分、動揺している。特殊装置内の〝双子〟が、自分のアイデンティティやハルトにいる兄固有のアイデンティティを意識しはじめるなど、予想しないことだった。とはいえ、否定的に騒ぎたてることはあるまい。すべてはおそらく、かれ、ティグ・イアンがこの言葉にどう反応するかにかかっている。

そこで、できるだけ平然と話した。「起きたことは起きたことだ。できるだけリアルに色づけされたハルトの報告を受けるために、それは避けたい事態だったが、悪いことではない。兄も事情を知っているのか？」

「なにも気がついていません」ヴォマゲルが説明する。「兄の注意は、ミッションの遂行だけに向けられています」

「ならば、ミッションの完了までそのままとしよう」ティグ・イアンは安堵して、「話はもどるが、居住地はどうなっている？　三千の建物はハルトにしては多すぎる。これまで、それほど大規模な居住地がこの惑星にあるという報告は一度もなかった。住民はいるのか？」

「それについて、兄はまったく気にしていません」細胞集合体が応じる。「おもに宇宙艦《ブリー》の調査にあたっています」

「ふむ、よし、よかろう！」ソトはほめた。「つまり、宇宙艦を調査している。有能なことだ！　なにがわかった？」

「あのGOI艦が数日間ハルトに滞在することです」と、細胞集合体。

「そのほかには？」ティグ・イアンが迫る。「艦内に戦闘部隊はいるのか？」

「兄はなにも発見できていません。女艦長と話しました。アンティです。彼女から《ブリー》はクラーク・フリッパー基地からきたと聞いています。戦闘部隊も武器も、そのほかの装備も、ハルトに運んできてはおらず、交渉のためだけにきたようです」

「そうだろうと思っていた」と、ティグ・イアン。「ハルト人は絶対に大きな組織にはくわわらない。さらに、武器あるいは装備を受けとって何者かに従属することもない。ごくろう、家臣！」

ソトは立ちあがった。細胞集合体をおおう膜の、銀色の光が徐々に消え、脈動をやめるさまを見守る。ついで司令室の本来の席にもどった。一カ所に隙間があいた円形操作盤で、司令室中央のスタンドに似た土台の上にある。

クラルシュがあとにつづいた。つい最近、司令室の天井に固定した、透明フォーム・エネルギー製のザイルを伝い、猿のように空中をわたっている。

「いまの報告の情報の価値は低すぎるぞ、ソト」と、進行役。操作盤までくると、ティグ・イアンの頭上で不可視のエネルギー・ザイルにつかまり、あちこちに揺れる。「あの双子はなにかをかくしているにちがいない」

「かくしている？」ティグ・イアンはくりかえした。威圧的なしぐさで否定し、「違う、クラルシュ。きみの思いこみにすぎまい。双子は黙っていることはできないのだ。本質に反するだろう。ハルトの周回軌道にはいつ入る？」

クラルシュは落胆してちいさくうなった。ザイルをはなしておりると、艦長にインターカムをつなぐ。

望んだ情報を入手して、ソトに、

「味方艦隊は一時間二十分後に、ハルトの周回軌道に入る。護衛部隊の降下準備は完了している」

「ごくろう！」と、ティグ・イアン。「護衛部隊の指揮官につなげ！」

ソトがあたえるすべての命令と同じく、この指示も進行役は即座に実行した。

わずか数秒後、プシカムのスクリーンに、着陸作戦指揮官であるバス＝テトのハルコンがあらわれ……

5

かれは孤独だった。だが、数々の演習をこなして慣れている。

出撃前、護衛部隊員はつねに孤独だ。ナギー・ボグダンは護衛部隊員である。

数分前、〝ハチの巣パイプ〟のプシカム・スクリーンに指揮官バス＝テトのハルコンの映像があらわれた。護衛部隊員ナギー・ボグダンは、このパイプ内で寝台のような成型シートにハーネスを締めて横たわっていた。武器や装備のケースが前後左右に積まれている。

指揮官であるアコン人は、着陸艇は一時間半ほどで射出され、惑星ハルトに着陸すると告げた。さらに、すべての護衛部隊員が服従と名誉と戦いの戒律を模範的に守るよう、ソトは期待していると。

この言葉を聞いて、ナギーは厳粛な気分になった。ついにウパニシャド学校で学んだことを発揮し、護衛部隊員としての能力を証明できる……しかも、旗艦《ゴムの星》でハルトまできたソト＝ティグ・イアンの目の前で。

ナギーはリラックスして、シャント・コンビネーションと自分が精神的に一体化するさまを感じた。

すばらしい気分だった。《カルマーIII》のほかのハチの巣パイプにいる九千九百九十九名の護衛部隊員との絆《きずな》を感じる。さらに、ほかの十一隻の部隊輸送艦に乗った一万名ずつの護衛部隊員との絆も。

やがてナギーは、作戦に参加する全護衛部隊員の呼吸を感じとれたと思った。だが、幻想にすぎないとわかっている。艦や乗員の分子をごくわずかリズミカルに振動させているのは、《カルマーIII》のグラヴォエネだ。振動を計測することはできないが、シャント・コンビネーション着用者には感じとれるのだ。

時間が過ぎていく……

着陸艇の射出に先行するシグナルが鳴ったとき、ナギー・ボグダンは、バス＝テトのハルコンが自分たちに呼びかけてから数秒しか経過していないように感じた。

認めたくはないが、数分の一秒、脈が速まるのを感じた。だが、通常にもどる。恐怖を感じたのかと、おのれをチェックした。そのようなことはウパニシャド学校の卒業生にとり恥である。だが、チェックの結果はネガティヴで安堵した。恐れたのではなく、興奮しただけだ。絶対にいかなる失敗もしないと決意していた。出撃中の護衛部隊員が失敗するなど、本来ならばありえない。なぜなら、ソトはかれらのために配慮しているし、指揮官は起こりうるすべての不慮の事態の解決策を用意しているからだ。

再度シグナルが鳴った。同時に、ナギー・ボグダンのななめ上方のスクリーンがいくつも点灯。ナギーは両手で成型シート左右の予備スイッチを手探りした。万一、プログラミングと遠隔操作が〝ともに〟機能しなくなった場合にそなえて。だが、その可能性はきわめて低い。

とにかく、いまはすべてが順調に進行している。

ハチの巣パイプ内面に映像処理された探知結果が投影された。最初に見えたのは強烈に光る銀河中枢の恒星凝集体である。距離は数光年あるが、ほかのすべての印象を凌駕《りょうが》する威圧感をそなえている。この着陸艇であそこに入れば、命に危険がおよぶだろう。

だが、いまは銀河中枢凝集体のへりにいるにすぎない。ここの恒星は、赤熱する致死性放射をはなつプラズマ中でひしめきあっているわけではなかった。テラ生まれの者にとっては、驚くほど密集しているとはいえ。

ふいに、ナギーのなかでなにかがすくんだ。だが、シャント・コンビネーションのポジティヴな作用があらわれる。すぐにリラックスして、心理的な距離をおいてプロジェクションを眺めることができた。

着陸艇のななめ下に、赤みがかって光る三日月形がある。あれがハルトにちがいない。三日月形が太さを増していく。だが、恒星ハルタは発見できなかった。付近の何倍も大きい恒星の、何千倍もの光にまぎれているのだろう。

ナギーはハルトに集中した。

数秒後、べつのものが見えて鼓動が速まる。巨大な十二芒星だ。そばを飛ぶ四隻のエルファード船がはなつ再活性化レーザー光を受けて、暗いグレイに光っていた。歯車に似た比較的平坦で幾何学的な物体の上下に構造物がある。上部構造物には赤や黄に光る面があり、艦の外被に水玉模様を描いていた。これが、ソト＝ティグ・イアンの宇宙艦、《ゴムの星》である。

ナギーの視線は上面中央の構造物に文字どおり引きつけられた。メインタワーが百メートルの高さでそびえている。その土台が直径二十メートルの〝円盤〟で、銀河系の全護衛部隊員が忠誠を誓うソトの居所である、司令室だ。

この映像が見えたのは数秒のみ。その映像が、直接入る探知データが数秒で〝組み立てられた〟ものか、それとも、過去のデータが呼びだされたのか、ナギーにはわからなかった。だが、どうでもいいことである。いずれにせよ、あの映像によって惑星ハルト作戦の士気を理想的に高める恍惚《こうこつ》状態におちいっていた……

＊

バス＝テトのハルコンは、十二万のハチの巣着陸艇がすべて護衛部隊艦から射出されるまで待った。ついで、《カルマーⅢ》に残留する六名のプテルスに命じて、自分の指揮艇をスタートさせる。

その直後、パイプ格納庫から指揮艇が射出された。護衛部隊員のハチの巣パイプとは異なり、ハルコンはただちに手動操縦に切り替えて、直径二十メートルの球体を十個ずつそなえた四つの構造体の物体の上方を飛びすさった。その構造体がはなつ再活性化レーザー光が、ソトの星形艦《ゴムの星》を光らせている。

四隻のエルファード船！

《ゴムの星》の左右で護衛部隊のハチの巣着陸艇が流星群のように下方へ突進した。恒星の赤みがかった光がそそぐ、ハルトという名前の惑星へと。その惑星の住民は、従来のパッシヴな態度を放棄し、銀河系政治に介入することにしたようだ。

ハルト人は重要な役割をはたすだろう。かれらの現在の想定とは違うとしても。むろん、ハルト人が戦士崇拝に無条件に忠誠を誓うことなく政治決定に関与するなど、論外である。だが、まさにそれを望んでいるようだ。かれらが考えを変えなければ、恒久的葛藤に巻きこまれるしかなく、ハンマーになるかわりに鉄床《かなとこ》となるだろう。

だが、手遅れになる前に考えをあらためるかもしれない。戦士となる教育を受け、偉大なるエスタルトゥ、そして第三の道に身を捧げるという唯一無二のチャンスを受け入れる可能性はある。

かれ、バス＝テトのハルコンのように。

ハルコンがソト＝ティグ・イアンの麾下《きか》に入ったのは、姉であるバス＝テトのイルナを探す役にたつかもしれないと考えたからにすぎない。イルナは十六年ほど前、アコンのエネルギー・コマンドのためひそかに出動したが、忽然《こつぜん》と姿を消した。いまだに判然としないのだ。イルナが協力したコンドス・ヴァサクの後継組織が失踪の裏にいるのか、それとも、べつの銀河系地下勢力に拉致《らち》されたのか。

すべてはじつに奇妙な状況で起きていた。当時の目撃者は一名も見つからない。第三者がささやく噂と、漠然とした情報がいくつかあるばかりだった。ある者は、信じられないほど異質な生物がイルナを鋼ブロックにほうりこんだといった。またある者は、とある固体上に彼女の意識が記録され……それがなにを意味するにせよ……そのために彼女のからだが崩壊したと語った。

ハルコンはどの話も信じていない。とにかく確信しているのは、姉のイルナがどこかでまだ生きていて、政治に強い影響力を持つバス＝テト家に圧力をかけるべく、いつか利用されるはずだということである。

だが、まだそのようなことは起きていない。

そのかわりに数年前、ふたたび噂が流れた。それによれば、イルナが複数の場所で目撃され、一度などはアルコンの王族ゴノツァル家の不死者アトランとともにいたという。

ハルコンはすぐに大がかりな捜索をさせた。だが、成果はとぼしかった。またしても目撃者は一名も見つからず、第三者からの漠然とした情報があるのみである。バス＝テト家が大きな希望を託したアトランとは、連絡がとれなかった。コスモクラートの奸計によって追放され、どこかで流刑《るけい》生活を送っているという。

さらに、不死者はひそかに戦士崇拝に反抗して活動しているとさえ噂されていた。これが事実かどうかを確認すべきは、明白だった。アルコン人が戦士崇拝に反抗しているのなら、かれ、ハルコンが戦士崇拝の上層部に食いこんでいれば、遅かれ早かれアトランに会えるはずだ、ハルコンはそう考えた。そこでウパニシャド学校に入学したのである。

こうして比較的短期間のうちに出世をはたした。いまや十二万名規模の護衛部隊の着陸と、惑星ハルトにおける作戦を指揮している。

だが、はじめてダシド室に入ったとき、おのれのあるじではなくなってしまった。アトランと会い、心から尊敬していたアルコン人に協力すべく戦士崇拝から抜ける、そのようなもくろみは忘れ去っている。アトランの目の前に立ち、戦う事態に直面して、はじめて気がつくのかもしれない。

バス＝テトのハルコンは、シャント・コンビネーションのポケットから小型メモ・キューブをとりだした。作動させて、姉の三次元カラー映像をしげしげと見る。十七年前にはこのような姿をしていた。いまもこの姿だと、ハルコンは本能的に感じた。

上流階級の女アコン人である。身長百七十センチメートル、痩軀《そうく》で、きたえあげられたからだをしている。高貴で女性的な体格、金色の光輝をたたえるむらのない褐色の肌、赤銅色の髪、黒い目。上品な顔は完全に左右対称で、不気味なほど強いカリスマを発していた。自意識の強くない知性体はみな、彼女にすぐに魅了されてしまうだろう。

「見つけるからな、イルナ！」ハルコンはささやいた。

メモ・キューブをオフにして、ポケットにしまい……その瞬間に忘れ去った。

コントロール画面で確認する。すでに、最初の着陸艇はハルトの大気圏に突入して減速していた。

みずからの指揮艇を加速させて惑星ハルトを旋回。探知スクリーンにうつる着陸艇の先頭グループが前方にあらわれると、同様に減速した……

*

ナギー・ボグダンは着陸艇の開閉メカニズムを操作した。コントロール表示がハルト地表で停止したと告げる。

ハチの巣パイプが解体し、武器と装備のケースが露出。短時間、護衛部隊員は三・六Gというハルトの高重力を感じた。だが、グラヴォ・パックの反重力を作動させて、ほぼ一Gに感じられるよう調整した。

ナギーは立ちあがって周囲を見る。

ひろびろとした、木のない平原に着陸していた。ほかの着陸艇が無数に集まり、そのまんなかにいる。一面にシャント・コンビネーションを着用した護衛部隊員がおりたち、周囲を見ていた。

ナギーはハダル・スコヴェンとイルサイ・カムソキとレニー・シプゴンに合図した。いずれもウパニシャド学校チョモランマの教育で知りあった同期である。そばにいるほかの護衛部隊員たちは、テラナーではなく、アルコン人やトプシダーやガイア人やフェロン人で……ギャラクティカムのほかの種族の者だった。

「注目!」頭蓋にかかる細いストラップ状通信装置から聞こえた。「護衛部隊員へ! こちら、きみたちの指揮官、バス＝テトのハルコンである。現在、着陸地点上空の指揮艇内にいる。ここから百キロメートルほど西に、数千名のハルト人が集合しているもようだ。ウパニシャド学校モジャグ・トルベドがある山と、われわれとの中間あたりになる。すぐには攻撃せず、まずは相手の出方をためすべく、指揮艇のポジトロン指揮ユニットを使って各百人隊を編成する。その後スタートし、高度百メートルを時速二百キロメートルで西に向かう。さらなる指示は途中で出す。バス＝テトのハルコンより、以上!」

ナギー・ボグダンは伸びをして武器・装備ケースを開きはじめた。インパルス・ニードル銃とショック銃をベルトのホルスターに入れて、特殊砲弾入り小口径射出装置の束をグラヴォ・パックの左に吊りさげ、ケースを閉じると、百人隊の編成にくわわるべくスタートする。

乗艦前に、十二万名の護衛部隊員全員が百人ずつのグループに振りわけられていた。どのグループにも独自の識別コードがあり、それを活用して、指揮艇のポジトロン指揮ユニットが護衛部隊員を各百人隊に編成していく。

比較的迅速に、じつにスムーズに進行した。多くの演習で訓練しているためだ。着陸からわずか数分後、各百人隊が模範的秩序で同時に浮上し、高度百メートルまで上昇すると、西へコースをとった。

そのあいだ、指揮官は指揮艇から何度も指示を飛ばした。指揮艇は対光学・対探知バリアで守られ、空のどこかに浮かんでいる。バス＝テトのハルコンの采配から、護衛部隊員たちは感じとっていた。自分たちは理想的な指揮のもとで、ポジティヴな結末しかありえない作戦を実行中だと。

二十分ほど飛翔したのち、ナギーは地平線からあらわれた山を目にした。

その山は、ちいさな木立が点在する乾燥したサヴァンナから、鋼のピラミッドのようにそそり立っていた。先端が切り落とされたような頂上の上に、ウパニシャド学校モジャグ・トルベドのドーム形建造物がある。

冒瀆《ぼうとく》されたウパニシャド学校、モジャグ・トルベド！　その思いが、痛いほどナギー・ボグダンの頭をよぎった。

ハルトに着陸した護衛部隊員全員がここで起きた出来ごとを知っている。四名のハルト人がウパニシャド学校モジャグ・トルベドの前にあらわれて、シャドとして入学を願うかのように立ち入りをもとめた。しかし、ウパニシャド学校の四名のプテルスが門を開くと、ハルト人たちは突入して衝動洗濯をやりとげたのである。

ナギーは冒瀆的攻撃のいくばくかを見ようと目を細めた。だが、外から見えるウパニシャド学校は、ほかのウパニシャド学校と同じく無傷だった。内部が完全に破壊されたという事実は変わらないのだが。

このような蛮行には、罰がくだされなければならない。

この惑星に住むハルト人の大半が賢明な判断をくだせば、四名の無法者をみずから罰し、ウパニシャド学校の原状回復を確約するはずだ。

とはいえ、ハルト人が誇りを捨ててそのような決断をしないよう、ナギーは願った。かれの最大の願いは、これまで無敵の名声をほしいままにしてきたハルト人と戦うことだったからだ。

その名声は、まもなく正当性を失う。

護衛部隊が、みずからのほうがすぐれた戦士だと銀河系種族にしめすからだ。そのとき、ナギー・ボグダンは名誉と名声を手に入れるのだ。

長く引きのばされた雷鳴のような音がして、ナギーは耳をそばだてた。山やウパニシャド学校との距離は、わずか三キロメートルほどになっている。ナギーがふたたび前方の地面を見ると、血のように赤い何千もの点が埃《ほこり》っぽいサヴァンナで模様を描いていた。戦闘スーツを着用したハルト人だ！

ふたたび雷鳴のような音が平原に鳴りひびいた。だが、ナギーはその直前、上方の空中にまばゆい閃光を認めた。

「注目、護衛部隊員！」指揮官の声が通信装置から響いた。勝利に酔った声である。「ハルト人は二度、警告射撃をした。挑戦を受けて立ったのだ！　護衛部隊員はシャント・コンビネーションと一体化し、戦いの戒律を守り、ふさわしい手段を行使のうえ、正々堂々とハルト人を攻撃せよ！　ソトのために、第三の道のために、エスタルトゥのために！」

「ソトのために、第三の道のために、エスタルトゥのために！」と、十二万名の声がとどろいた。

ついで護衛部隊員が着地し、学んだとおりに散開。ウパニシャド学校の規律にしたがって敵に向かう。

ナギー・ボグダンも着地して戦いに突入した。ウパニシャド学校チョモランマの同期三名とともに、山のへりに立つ四名のハルト人グループに襲いかかる。

護衛部隊員はシャント・コンビネーションのヘルメットを閉じていた。コンビネーションを精神力で完璧にコントロールすることで、その素材はあらゆる殴打や銃撃に高度に耐え、ビーム射撃も特定の角度までは防げるとされている。さらに、シャント・コンビネーションのフィードバック効果によって、精神・身体能力も強化される。

四名のハルト人と戦った最初の短時間の銃撃戦から、シャント・コンビネーションの性能は期待どおりであると判明した。四名の護衛部隊員はだれひとり負傷していない。ハルト人の射撃はなんの効果もなく消えたのだ。

数秒後、護衛部隊の応援が到着。四ハルト人は飛翔して、護衛部隊の射程から退避した。

「逃げた！」ナギーが歓声をあげる。「ハルト人がわれわれから逃げた！　追え！　かれらが降伏して銃をさしだすまで、息をつかせるな」

「そうよ！」イルサイ・カムソキが感激して、「急いで、早く。さもなくば、目の前でほかの護衛部隊員にあのハルト人を持っていかれてしまう！」

四名はグラヴォ・ジェットを作動させて、ちいさな森にかくれた四ハルト人を追って飛翔した。飛行の途中、ハルト人のコンビ銃銃撃を受ける。エネルギー・ビームの嵐が吹き荒れ、ナギーは目を細めた。シャント・コンビネーション制御への集中を強めると、即座に次の射撃がより遠くからくるかのように感じられた。

赤い戦闘スーツの巨漢が森の空き地の上空を急ぐさまを認めて、ナギーはインパルス・ニードル銃で撃った。ハルト人は十メートル以上はね飛ばされ、着地してもんどり打つと、撃ちかえしてきた。

まばゆい光輝がナギーの周囲でひらめき、なにかが溶けるにおいがした。護衛部隊員はきりもみ状態で落下し、藪に激しく墜落。

ただちにレニー・シプゴンが横にあらわれ、

「負傷したのか？」と、通信装置でたずねた。

「それはないと思うが」ナギーが応じる。「未知エネルギーがグラヴォ・ジェット装置に入りこんだだけだろう。ささいな損傷は修理回路だけでなおせるはずだ。わたしの射撃も命中したかどうか、見たか？」

「はずれた」と、レニー。「きみの敵はなんのダメージも受けていないようだ。だが、あの射撃で圧力はかけられたらしい。ハルト人はきみの窮地を利用せず、さっさと逃げた」

「注目、護衛部隊！」通信装置からバス＝テトのハルコンの声が響く。「きみたちの攻撃はみごとだった。ハルト人の前線は完全に崩壊し、性急に後退した。すこし距離をおき、あらたに防衛線を構築するはずだ。まだ味方に損失はないが、ハルト人にも被害は出ていない。かれらを追いつめ、定点集中攻撃による排除を試みよ。むろん、名誉の戒律を守ったうえで。つまり、明らかに劣勢な敵は容赦せよ！」

ハダル・スコヴェンとイルサイ・カムソキもナギーの横に着地して状態をたずねた。

「グラヴォ・ジェットは回復したようだ」ナギー・ボグダンは立ちあがった。完全自動チェックを作動させる。グラヴォ・ジェット装置はスムーズに機能した。部品の補給なしに、修理回路が自力でささいな損傷を修復したのだ。

「まだやれる」ナギーは仲間に伝えた。

イルサイ・カムソキが右腕を垂直にあげた……四名の護衛部隊員は、ほかの十万名以上の護衛部隊員と同じく、スタートしてサヴァンナ上空を疾駆した。

6

ヒゴラシュはまだ混乱していた。

かれはあるじと話して、重要と思われることすべてを報告した。だが、あれ以来ずっと、なにか本質的なことを見落としているという懸念を追いはらえなかった。

ただ、それがなにかは思いつけない。

この精神状態は、テラの宇宙艦の女アンティと関係があるにちがいない。彼女に恋をして、思考が完全にクリアには働かなくなっている。

さらにときおり、自分が二重に存在しているとさえ感じていた。

数百名のハルト人がすぐそばの地面すれすれを飛翔して、物思いを破られる。

反射的にヘルメット通信装置をハルト人の周波に合わせた。かれらの一名が自分に向かって叫ぶのが聞こえる。「いっしょにこられたほうがいい。さもなくば、護衛部隊の集中砲火にさらされますぞ！」

なぜ護衛部隊がわたしを撃ったりする？　ヒゴラシュはそう訊きかえしそうになった。

だが、寸前に気がついた。そうたずねればハルト人の疑いを招くだろう。かれはいまハルト人と同じ外見をしている。したがって、ハルト人を追う護衛部隊が自分を撃つのは当然ではないか。

数分の一秒で計画を変更した。スタートしてハルト人たちにくわわる。

「あなたの名前は？」すぐ横にならんだハルト人がたずねる。「わたしはトクトル・カグンです」

「わたしはアクトゥン・オロトといいます」と、ヒゴラシュはいった。「なぜ護衛部隊から逃げているのです？」

驚いたことに、すくなくとも三百名のハルト人が発する大音声の爆笑がヘルメット通信装置から聞こえた。

逃げる理由を訊いたことの、なにがおもしろかったのか？　護衛部隊を恐れているのであれば、逃げたといわれれば誇りに傷がつくはず……だが、護衛部隊を恐れていないのなら、なぜ逃げる？

「われわれは、かれらと〝ともに〟ネコとネズミのゲームをしているのです」と、トクトル・カグン。

ヒゴラシュは、それはどういうゲームなのかと訊きたかったが、やはりそれも疑われると考えた。ハルト人は一名の例外もなく、ネコとネズミのゲームとはなにか、知っているようだ。

ヒゴラシュは考えた。ご主人、どうしてあなたは、このような情報をあたえてくれなかったのですか？

三百名ほどのハルト人がにわかに左へ方向転換した。ヒゴラシュもいっしょに曲がる。前方に凪《な》いだ海面を認めた。暮れかけて大きくかたむいた赤い恒星が反射している。

「ネコとネズミ、入って出る！」カグンが大音声を発する。

またしても、ヒゴラシュはなにをいわんとしているのかわからなかった。ハルト人全員が空中で停止し、同時にがくんと落下して、ようやく理解する。

正体がばれないかぎりはゲームに参加すると、ヒゴラシュは決めた。ハルト人に合わせて停止し、石のように海へ落ちる。

水面にななめにぶつかり、はげしい水しぶきがあがった。

「垂直に落ちると打ちあわせていたはずだが」トクトル・カグンがいう。「ミーティングには出られなかったのですか、オロト？」

「はい」ヒゴラシュは答えた。

「あなたの連帯感には改善の余地がありそうだ」べつのハルト人が責める。

なにをいわんとしているのか、ヒゴラシュにはわからなかった。アドバイスをもとめてあるじに呼びかけたが、コンタクトはとれない。ふたたび自分は二重に存在しているというかすかな印象をおぼえる。

「気をつけろ！」だれかが声をおさえて叫んだ。

「どうした？」ヒゴラシュは声をすこしも落とさずにたずねる。

次の瞬間、なにが起きたかを知った。

三百名のハルト人が水深百メートルにひそむ海の真上を、千名ほどの護衛部隊員が飛行中だったのだ。

「前進！」カグンが叫ぶ。

ハルト人たちはざわざわと音をたててスタートした。だが、手遅れである。護衛部隊はハルト人の周波を傍受していたようだ。どう考えても、耳をつんざくヒゴラシュの問いを聞きのがすはずはない。

水面からハルト人があらわれたとき、護衛部隊はすでに散開して、千もの銃口を内側に向けた円環をつくっていた。

インパルス・ニードル銃の猛烈な砲火が巨漢たちに降りそそぐ。

「滝！」トクトル・カグンがどなる。

またしても、ヒゴラシュはなにをいわんとしているのか理解できなかった。防御バリア・プロジェクターの強度をあげたのみである。護衛部隊の銃撃は危険だと感じたためだ。ついで加速し、空へ疾駆。

すくなくとも高度千メートルに達したところで、三百名のハルト人が予想とはまったく違う反応をしていることに気がついた。

かれらはわずか五十メートル上昇しただけで、花が開くかのように散開した。護衛部隊の包囲リング外に出ると、ふたたびにわかに落下し、みじかい射撃で応じてあらゆる方向にはなれ去った。

ヒゴラシュは数秒間、行くあてもなく旋回したのち、逃げる方角を決めた。その時間は、数名の護衛部隊員に集中射撃を開始させるに充分だった。

ようやく距離をあけられたところで、ヒゴラシュの防御バリア装置の変換バンクがけたたましく高い音を発した。射撃がもうすこし長くつづけば故障していただろう……起きてはならないことが起きたはずだ。

とにかく、想定よりも早く起きてはならなかった……

＊

エルサンド・グレルは、ふたつのパラトロン保護容器のうちのひとつに、ちいさな構造亀裂を開いた。

黒い開口部が上面にできる。数秒後、そこからふた粒の銀色に光るしずくがあらわれた。

アンティはそれを片手でつまみあげて、もう片方の手で保護容器の構造亀裂を閉じた。操作を終えると、額に玉の汗が浮かんでいた。この行為は、パラテンサーにとって当然の行動規範に反している。《ブリー》艦内の二千粒のパラ露は、パラチームのメンバーが私的に楽しむためではなく、きわめて重要なミッションを実行するために用意されているのだ。

むろん、ふた粒のしずくの有無などたいした問題ではない、それもエルサンドはわかっていた。だが、ふた粒のしずくを不当に手に入れるのは恥ずべき行為だろう。

エルサンドは所定の目的のためにこの少量のプシコゴンをとりだしたわけではない。GOIでパラテンサーとして活動するよう乞われて以来、囚われている欲求に負けたためだ。

パラ露は、依存症を引き起こす物質だった。

すぐにパラ露が手に入らないときには、たいてい体形に響くほどたくさん食べてやりすごしている。感覚が混乱するほどひどくなると、離脱症状期を乗りこえるために酒を飲むこともあった。だが、ほんとうにいい気分になれるのは、数粒のパラ露のしずくが手中で消えるさまを感じるときだけだ。想像もできないほどの高揚感につつまれて、自分はおのれの運命の支配者だと思えてくるのだ。

いまもそうだ。《ブリー》の極間リフトのシャフトを上に向かいないながら、両手にひと

粒ずつのパラ露を握っている。目を閉じて、潜在的テレパスで潜在的なヒュプノでもある

彼女は考えた。いま、シド・アヴァリトと三十名の乗員は全力で作業を進めている。か

れらは、高圧圧縮容器に入った三百万トンの抗法典ガスを、もっとも有効に放出できる

ポジションに運び、ひそかに設置していた。

かれらは集中しているから、エルサンドのことは気にしていないはずだ。

遅くともあすには決定的な戦いがはじまるだろう。だが、従来の軍事的戦闘ではない。

ハルトに着陸した十二万名の護衛部隊員を十万のハルト人との無数の小競り合いに巻き

こみ、特定の場所におびきだして、比較的せまい空間に集合させるのだ。

そこではハルトのロボット部隊が何週間も前に、三千ほどの建物からなり、人工的に

古びさせて〝なかば崩壊した〟都市を、ローズバッド平原に建設していた。こうして心

理的な〝箱庭〟がつくられたのである。ハルトでは、このローズバッド・シティのよう

な〝都市〟はめずらしく、ソト＝ティグ・イアンや部下たちの目を引くはずだ。この都

市の謎を解明すべく、護衛部隊を集結させるだろう。

かれらを比較的せまい空間で市街戦に追いこんだところで、三百万トンほどの抗法典

分子ガスを放出することになっている。

スティギアンはいつか、ハルト人に護衛部隊をさしむけ、ハルト人に恒久的葛藤を強制

するはずだと、ハルト人もGOIも以前から予想していた。そこで、ハルト人はひそか

に準備をととのえ、戦いにどう対処すべきか、計画を練っていたのだった。

ジュリアン・ティフラーも手をこまねいていたわけではない。銀河評議会のひそかなゲストとなるべく、コズミック・バザールのベルゲンに出発する前に、エルサンド・グレルとシド・アヴァリトに指示を出していた。抗法典分子ガスをハルトへ運び、ハルト人の計画を支援するようにと。

やがて、銀河系諸種族が驚愕するなか、ハルト人がギャラクティカムを脱退し、事態は動きだした。ハルト人とGOIの計画はうまくいっているように思える。

すべてが計画どおりに進むかどうかはべつの問題だったが、まずは前半に集中していた。後半の実行は困難をきわめるだろう。なぜなら、ハルトの周回軌道をほぼ無人でめぐる護衛部隊艦の一隻を奪い、付近の集合地点に向かわせるという計画だからだ。護衛部隊艦はそこで待つテンダーに引きわたされ、分解されて、くわしい調査のために運び去られる。

これは、ギャラクティカーがいまなおエネルプシ・エンジンの謎を解明できていないためだった。数えきれないほど努力はしているのだが。

最大の問題は、エネルプシ・エンジンを持つヴィールス船を分解できないことではない。そうではなく、船体が完全に一体化したヴィールス船をありったけの技術手段で破壊できたとしても、ヴィールス船はすっかり消滅してしまうため、分析できるものはなにひとつのこらないのだ。

そこで、ＧＯＩは何年も前から、ソト艦隊の一隻を奪って、エンジンを研究しようとしてきた。ときにゴール間近までいったが、一度も成功していない。奪ったソト艦は、テンダーかＧＯＩ基地へ運ばれる途中で乗員ごと忽然と消えてしまう……あるいは、ビッグ・ブラザーのもとにたどりついたとしても、そこでエネルプシ・エンジンの主要個所が燃えるか爆発するかして、破壊されるのだった。

このために、内部に破壊工作者がいるという疑惑がもちあがっていた。エルサンド・グレルもその疑いを共有している。だが、ビッグ・ブラザーのもとにも破壊工作者がいるもようだというのは、気がめいる話だと思っていた。あちこちでささやかれる〝ビッグ・ブラザー〟という謎の言葉が、だれを、あるいはなにをさしているのか、さっぱりわからなかったが、確実なのは、単独の人物ではないことだ。おそらく、施設か、ＧＯＩのエリート部隊か、ＧＯＩと協力、連携、もしくは上位にありさえする抵抗組織の精鋭なのだろう。

アンティは嘆息して目を開けた。スター級巡洋艦の、最上段のひとつ下のデッキにいる。最上段に設置された観測室がエルサンドの目的地だった。

数秒後、反重力リフトを出て通廊を急ぐ。観測室につづくハッチがさっと開き……ホールのようにひろいキャビンのドーム屋根の下にいた。

ハルトの夜の側の地表にいるかのようだった。恒星や赤熱する水素集合体や、鋼ほどの硬度があるかに見える銀河系中枢の一部が上方に見えている。

ロマンティックな光景ではない。人間がつくったものなどあっさりと凌駕する、おのれ自身のみに束縛された自然が生みだす、強硬で仮借ない光景だった。一惑星が巨大なパラトロン・バリアやほかの防衛施設で守られていたとしても、万能の自然の前では、まばたきひとつで消される塵の一粒子にすぎない。

エルサンドは考えた。幸運よね、自然から生じて初期段階から整然と進化の道を歩んだ、いわゆる知性体よりも、自然のほうが予測可能だというのは!……と。

次の瞬間、手中のプシコゴンが作用した。彼女の思考をはるか遠くへ飛ばし……〝双子〟と名乗る一未知生物とのコンタクトが成立する。

その双子がみずからの運命を語った。かれの表現によれば、はてしなく遠い、暗黒空間と呼ばれる宙域の惑星の出身だという。そこはあるじの庇護下にあり、かれは、遺伝子安定化・湿潤軟化処理されたヴォマゲルである兄ヒゴラシュとともに、あるじに仕えている。さらに、ヒゴラシュとの精神的接続を通して、エルサンド・グレルが運命的な類縁性のために兄が恋に落ちた生物だとわかったという。

エルサンドははげしいショックを受けた。ふた粒のパラ露のしずくの力で双子との対話に抵抗し、コンタクトを切った。

それは同時に、ふた粒のパラ露のしずくの終焉にもなった。プシオン・エネルギーがつきて、ガス化するかのように消える。

エルサンドには、目の前の光景がゆらめいたように見えた。手でシートを探り、身をうずめる。思考は双子のことにもどっていた。コンタクトは回復しない。パラ露の助けがなければ不可能だった。

あの双子はなんだったのかと、思い悩んだ。兄が遺伝子安定化・湿潤軟化処理されたヴォマゲルなら、あの双子も遺伝子安定化・湿潤軟化処理されて当然のように思える。

だが、遺伝子安定化・湿潤軟化処理されたヴォマゲルとは、なんだろうか？アンティは頭をひねった。自分は双子の兄と会ったことがあるのだろうか。双子が兄だと語ったヒゴラシュという名前の者と会っているのなら、それを思いだせないはずはないという気がした。

しかし、思いだせないからといって、ヒゴラシュが自分を知らないとはいえまい。ほんとうに自分に恋をしているのなら……じつに奇妙な話だとエルサンドは思ったが……過去のいつかに会っていることが前提になる。

あるいは、テレパシーで探ったのだろうか。そうでなければ、彼女との運命的な類縁性と呼んだものを、なぜ双子が知ることができたのか！

エルサンドはぼんやりと考えつづけた。そのときアームバンド通信装置が笛のような音を発し、現実に連れもどされる。彼女は苦労して物思いを追いはらった。ハルトや宇宙空間におけるミッションとなにか関係があるという気はしたのだが。

通信装置をオンにして応答する。

小型映像スクリーンにシド・アヴァリトの顔があらわれた。

「どこにいるんだ、エルサンド？」と、性急にたずねる。「放出容器の設置が完了したから、艦で浮上して、探知装置に対してカムフラージュされているかどうか確認するテストにうつろうとした。ところが、エアロック格納庫のハッチが施錠されてしまって、《ブリー》の司令室からでなければ解錠できなくなっている。艦内にいるのはきみだけだから、やってもらうしかないんだが」

「もう向かっているわ、シド」エルサンドは弱々しい声で返事をした。

「大丈夫か？」シドがたずねる。「またなにか問題でも？」

「いいえ、考えこんでいただけよ」エルサンドは事実の半分しか話さなかった。「動揺する理由はないわ。数分でハッチを開けるから」

ほんとうに気分がよくなっていた。

観測室をはなれながら、ヴィタミン・ミネラル・抗うつチョコレートバーを口に押しこみ、ぐっと気が晴れるさまを感じた。

くよくよ考えていたことは、すべて忘れられた。

なにもかも、うまくいくだろう。

スティギアンは十二万名の護衛部隊員を失い……GOIはついにエネルプシ・エンジンをそなえた宇宙艦を奪って、貴重なエンジンの秘密を解明すべく安全な場所へうつすのだ。

エルサンドは司令室に入り、そこから遠隔操作でエアロック格納庫のハッチを開けた。《ブリー》はその格納庫の床に停止している。

十五分後、シドとスター級巡洋艦の乗員三十名が帰投して位置についた。エルサンドは艦長役にもどり、シドが航法士として作業を進めるあいだに指示を出す。

すぐに《ブリー》は完璧にカムフラージュされたエアロック格納庫から浮上して、ローズバッド・シティのふたつの建物複合体のあいだから出ると、ハルトの夜空へと上昇した。

だが、《ブリー》のような宇宙艦にとり、暗闇は問題ではない。光学・探知システムは明るい昼間のように効率よく作動している。

直径二百メートルの球体は、高度わずか五百メートルで動きをとめた。光学・探知システムの超高感度センサーがローズバッド・シティを一ミリメートルずつ探っていく。そのあたりに転がるわずか一本の待ち針さえも発見できるはずだ。まして三百万トンの抗法典分子ガスが入った超厚外被の高圧容器など……もし、それがむきだしで、あるいは、充分にカムフラージュされずに置かれていれば。

だが、なにも見つからなかった。

つまり、高圧容器はカムフラージュも対探知処置も充分にほどこされ、目にも見えなければ、十二万名の護衛部隊員の人工的〝感覚器官〟でも発見することはできない。

舞台はととのった。ゲームははじめられる……

7

「注目、護衛部隊！」指揮官の声が護衛部隊のギャラクティカー十二万名の通信装置でふたたび響いた。「ハルト人がかくれ場から這いだしてきた。ひと息つかせるな！　攻撃せよ！　追い散らせ！　屈服させろ！」

ナギー・ボグダンは地面に掘られた射撃穴にいた。ここで夜を明かし、いま、歯を磨いている。深さ百九十センチメートルの穴の直径は、正確に百二十四センチメートルである。サイズが同じなのは、正確無比なロボット装置が掘ったためだ。穴の横には上面が防塵処理された放射防止フォリオがあった。

射撃穴の横にはさらに、簡易朝食パックがあり、紙ナプキンやトイレットペーパーの袋や、物質腐朽ファクターつきの空《から》のプラスティック缶があった。また、ウパニシャド学校で開催中の教育が随時中継される、一辺が十五センチメートルのメモ・キューブも置かれている。

「聞いていたの、ナギー？」イルサイ・カムソキの高い声が隣りの射撃穴から聞こえた。

「バス＝テトのハルコンが戦いを呼びかけているのに、まだ歯を磨いているなんて！」

「歯を磨かずにくたばるなんて、お断りだからね」自分でも驚いたことに、ナギーは皮肉をにじませて応じた。

へまをしたと、すぐに気がついた。後悔して大急ぎで口をすすぎ、簡易朝食パックを数口でかきこむ。プラスティック缶やトイレットペーパーを使うのはあきらめ、紙ナプキンもメモ・キューブも放置して、放射防止フォリオをシャント・コンビネーションのズボンに押しこみ、インパルス・ニードル銃をつかむと、威勢よく叫び声をあげて射撃穴から這いだした。

ナギーはイルサイの横についた。イルサイは戦いの女神の彫像のように、ゆうべ野営物資を入れてとどけられた小型コンテナの上に立っている。ハダル・スコヴェンとレニー・シプゴンも立ちあがっていた。護衛部隊の十二万のギャラクティカーもまた、周囲に大きくひろがる射撃穴から這いだしてきて立っている。

まだ肌寒く、日の出の直前だった。空は晴れ、地平線には靄《もや》がかかっている。昼間は暑くなりそうだ。ハルトの平均気温は摂氏三十二・九度。夜にはぐっと冷えこむが、昼間の気温は最大で日陰でも四十四度になる……そもそも日陰に入れれば、ではあったが。

「ハルト人は見えるか、イルサイ？」ナギーがたずねる。

「いいえ、どこもかしこも護衛部隊員だらけよ」と、彼女は答えた。「夜のあいだに百人隊が数隊、そばを通ってさらに先まで行ったようだけど」

「失礼な話だ！」レニーが文句をつける。「ここ半日で見えたのは……」

レニーは口を動かしているが、なにも聞こえなかった。そのとき、エルファード船の数百の宇宙戦闘機が密なフォーメーションを組んで低空を疾駆していったためだ。

ナギーは思わず息をとめたが、予想したことは起きなかった。爆弾の炸裂音もなく、防空ミサイルの轟音もない。ハルト人は、宇宙戦闘機がみずからの陣地上空を通過するのを平然と受け入れたのだ。

「残念だな！」と、ハダル。「あの宇宙戦闘機で、ついにハルト人のパッシヴな態度をくつがえせると思ったのに。かれらならもっとできるはずだ。腰が引けた抵抗をするだけではなく。第一次人類史のインフォによれば、ハルト人はかつて銀河系でもっとも恐れられた戦士だった」

「いまもそうよ」イルサイはいって、いらだたしげに足を踏み鳴らした。「指揮艇はわたしたちのことを忘れているようだから、わたしが第二六一部隊の指揮をとるわ。注目、第二六一部隊の護衛部隊員！　指揮はわたしが、護衛部隊員イルサイ・カムソキがとる！　数秒後にスタートして、前方の百人隊を追いぬき、もっとも早く到達できるハルト人グループを正面から攻撃する！　われわれの任務は次のとおり。戦力的にほぼ同等のハルト人グループを分散させ、分散したグループをはさみうちにして孤立させたのち、集中砲火で降伏させる！」

　ナギーは通信装置で同意の叫び声を聞き、それにくわわった。驚き、憤然としながら、きのう感じた感激をふたたび味わいたいと思った。いま叫んだのは、純粋な義務感からにすぎない。

「腹がたつな！」ナギーはつぶやいた。

「なにに腹がたつんだ？」レニーがたずねる。

　だが、そのときイルサイがスタートして、百人隊の先頭に立った。

　ナギーとハダルとレニーには、昔から彼女とのあいだに仲間意識がある。同じウパニシャド学校の出身なのだ。危機におちいれば支援できるよう、彼女のすぐうしろにいるのは義務だと感じた。

　通信装置からほかの百人隊の護衛部隊員の声がした。第二六一部隊から、文字どおりに無視されたと抗議している。第二六一部隊はもとの位置に帰還しろという要求が響く。

　そのとき、バス＝テトのハルコンが指揮艇から介入し、イルサイ・カムソキとその指揮下にある百人隊の主体的行動を強く賞讃した。第二六一部隊を十二万名の護衛部隊全員がつくる楔型《くさび》フォーメーションの先頭に据えて、本日の戦闘の先陣を切らせると決定した。

　第二六一部隊の護衛部隊員は歓声をあげた。ナギーはふたたびきのうと同じ感激を味わう。

ナギーはインパルス・ニードル銃をつかむ手に力をこめ、集中して前方を見た。敵が充分に接近すれば、即座に視認できるように。

＊

「これからなにをするのですか？」ヒゴラシュはたずねた。ハルト人の百人隊の中心にいて、護衛部隊の百人隊が仲間や指揮官とかわした通信はすでに傍受している。

「なぜあなたは、それほどまでに知らないのでしょうな、オロト？」トクトル・カグンがたずねる。「われわれハルト人は、惑星全土のヴィジフォン連絡回路を使い、何日も前から戦術や戦略を定めていたのだが」

「わたしは秘密の特殊ミッションに出ていたので」と、ヒゴラシュ。予備知識から、軍事組織では秘密の特殊ミッションの話を持ちだせばいいとわかっていた。

「よかろう、ならば、よく聞いていただきたい！」カグンがいう。「きょうはきのうと同じ戦術を用いる。つまり、のらりくらりと戦い、後退しながら反撃する。だが、きのうとは違って、午後のうちにローズバッド・シティにもどり、建物や廃墟に身をひそめる。むろん護衛部隊は追ってこよう……その結果、かれらはローズバッド・シティ内やその周辺に集中する。そこで攻撃をかける」

「トランスフォーム砲でですか?」ヒゴラシュがたずねる。

「いや、むろん違う!」と、カグン。「ついでわれわれは……」

「失礼だが、カグン!」べつのハルト人が叫んだ。「説明はまたにしていただきたい。護衛部隊が攻撃にうつり……百人隊の戦闘グループはまさにこの集合地点をめざしている。われわれを狙っているのは第二六一部隊だ」

「あそこにきた!」数名のハルト人が同時に叫んだ。

ヒゴラシュにも見えた。ハルトに着陸した護衛部隊の第二六一部隊は楔型フォーメーションを組み、ハルト人八十一名からなる戦闘グループめざしてまっしぐらに飛行している。ヒゴラシュもその一員だが……八十一名めのハルト人ではなかった。

そう見えるとはいえ。

「射撃開始!」トクトル・カグンが叫ぶ。

ハルト人たちはコンビ・ブラスターをかかげ、狙いをつけずに攪乱《かくらん》射撃をした。ヒゴラシュもその例にならいながら、ローズバッド・シティでなにが起きるのだろうと考えた。ハルト人たちはそこでなにか決定的なことを計画している。なんとしてもそれを探りださなければならない。手遅れになる前に、あるじに報告できるように。

三本のビーム射撃が同時にヒゴラシュの戦闘スーツに命中した。戦闘スーツの分子構造転換装置を起動し忘れていたと気がついて、かっと熱くなる。よりによって自分に三つの射撃が同時に命中するなど、純然たる偶然にきまっている。だが、それで不注意が招いた結果を防げるわけではない。

戦闘スーツの三分の一が、炭化した切れはしとなってからだからはがれ落ちた。命に別状はないが、ふたたびかっと熱くなる。

だが、事態はさらに困ったことになった。戦闘スーツの一部のほか、からだをおおうハルト人の漆黒の人工皮膚の一部も切れはしとなったのだ。

なによりも当惑したのは、周囲のハルト人が意に反したストリップショーの目撃者になったことだ。

驚きの叫び声が楽しげなものに変わるまで、長くはかからなかった。

「見ろ！」ハルト人たちのヘルメット通信周波で大音声が響く。「とにかく見ろ！　パラディンだ！　正真正銘のパラディンだ！　外被は純粋なスーパーアトロニタル合金でできている。USOが復活した！　アトランがじきじきに派遣したのか？　それとも、いまはGOIがパラディンを持っているというのか？」

攻撃してくる護衛部隊のおかげで問いに答えずにすみ、ヒゴラシュはほっとした。きわめて強力なパラトロン・バリアで身をつつみ、ハルト人たちと同時にスタートする。

護衛部隊の百人隊がつくる楔型フォーメーションの先陣が接近したのだ。護衛部隊員はかれらの武器で攻撃してきた。数名のハルト人が命の危機におちいり、可及的すみやかに退避。ヒゴラシュは強力なパラトロン・バリアで守られているため、なんの危険もなかったが、後方にさがった。護衛部隊の射撃に対して、やはり狙いをつけずに応じながら、定点攻撃への警戒はおこたらない。

ほかのハルト人も同様だった。はじめ、ヒゴラシュはいぶかしく思った。巨漢たちは故郷惑星の防衛をしているというのに。だが、会話を聞いてすぐに事情を理解する。なぜハルト人たちが護衛部隊にできるだけ手かげんをしているのか。

ソト＝ティグ・イアンがハルトに投入した護衛部隊員は、例外なくギャラクティカーである。ハルト人もそうだ。すべてのギャラクティカーは〝きょうだい〟であるため、ハルト人は敵を真の命の危機にさらすのを避けているのだ。

あるじは悪魔のように巧妙な采配をしている！

ヒゴラシュがくわわったハルト人グループが護衛部隊の第二六一部隊によってふた手に分けられ、さらに細分化される。だが、トクトル・カグンが話していたとおり、生死がかかる近距離戦には持ちこませず、攻撃者とのあいだに距離をおいていた。

いつのまにか、藪でおおわれた丘のあいだにふたたび集合していた。丘は最大で高さ十一メートル。三十キロメートルほど遠方で、擲弾が掃射のリズムで爆発した。さらに、護衛部隊の一団が満を持してハルト人陣地への銃撃を試みたようだが、二分も経過しないうちに銃撃がやんだ。

ヒゴラシュには、理由の見当がついた。

特定の場所にとどまって砲撃を招くことで、ハルト人たちは銃撃よりも重大な環境破壊が引き起こされる事態を避けているのだろう。かれらは故郷惑星を愛している。自然がそこなわれれば胸の底まで痛むにちがいない。

故郷惑星への思いが、ヒゴラシュのなかで心の深みに触れるなにかを呼びさました。いままで知らなかった……あるいは、もはや思いだせない感情だった。突然、故郷がなつかしいと思った。ハルト人の故郷に対する感情と同じように。

〝暗黒空間！〟

ヒゴラシュはパラディン外被の駆動を制御できなくなった。イオン粒子嵐の稲光のように、記憶が襲いかかってきたのだ。

かれには故郷がある……その故郷は、暗黒空間と、そして、ほかの全生物をはるかに凌駕した存在の精神中枢域にある一惑星と、なんらかの関係があった。

ヒゴラシュは自分のグループが開始した着地飛行にはくわわらなかった。高速でスタートして、迎撃地になる予定だった丘の上空を蛇行しながら疾駆する。ヘルメット通信装置からどなり声が聞こえたが、なにをいっているのかわからなかった。

いつのまにか都市のシルエットが前方にあらわれて、ヒゴラシュは心から驚いた。丘からここまで、意識がまったくべつのところにあったため、それほど速く気持ちを切り替えるのは不可能だった。

たがいに入り組み、重なりあい、なかば崩壊した建物集合体がいきなり目の前にある。ヒゴラシュはよけきれず、轟音とともに数枚の壁を破ったのち、飛翔をとめてパラトロン・バリアを解除した。

からだの強度はまだ充分である。かれの場合には、自分のからだとはいえなかったが。しかし、心理的には燃えつきていた。細胞組織もパラディンと同じくかれの心理制御下にあるため、気を失うとともに細胞の活動もすべて停止し……

8

「──ハルト人が都市に墜落した」クスルザクが興奮して報告する。「あるいは、ハルト人のように見えるものが。しかし、ハルト人ではない。ロボットのようだ」

「ロボット？」エルサンド・グレルがくりかえした。「どうしてわかったの、クスルザク？」

「戦闘スーツと皮膚が部分的に燃えて裂けた」クスルザクが説明して、「探知分析によれば、その下に見えているのは、射撃で部分圧縮されたシントプラスト＝エキゾチック合金だ」

「ＳＡＣ鋼だ！」ルーラー・ガントの声が響きわたった。「ＵＳＯやその特殊兵器の歴史インフォで読んだことがある。そこではいわゆるパラディンに触れられていた。パラディン・ロボットとも呼ばれている。外見はハルト人だが、さらに大きかったそうで……スーパーアトロニタル合金、つまりＳＡＣ鋼製だった。気味が悪いほど丈夫で、高価な素材だったらしい。一キログラム換算で半メガギャラクスほどしたそうだ」

「パラディン・ロボットか！」シド・アヴァリトが考えこみながら、「おそらくビッグ・ブラザーがハルトに送りこんだんだろう。ＧＯＩの作戦なら、ティフから伝言があるはずだ」

「ビッグ・ブラザーか！」クニシュが皮肉をこめて、「説明がつかないものや特殊なものは、すべてビッグ・ブラザーに由来しているようだな。ビッグ・ブラザーがほんとうに存在するのか、それともただの噂か、それさえもわからないというのに」

「いいえ、違うわ！」エルサンド・グレルは否定して、中継がつづく全周スクリーンを凝視した。そこには、ローズバッド・シティの複数個所にひそむ探知ゾンデから《ブリー》の探知ポジトロニクスまで、遠隔技術で送られ、高度暗号化中継された映像がうつしだされている。「ビッグ・ブラザーについて、ティフは真剣に話していたわ。その言葉を理解していると感じた。だから、ビッグ・ブラザーがだれなのか、知っているはずよ」

シド・アヴァリトが成型シートをぐるりとまわして、肘かけのセンサーに触れて回転をとめた。「わたしもそう思うよ、エルサンド。護衛部隊の先陣が都市にあらわれる前に、回収ロボット四体を出してパラディンを収容しよう。クスルザク、外の状況はどうなっている？」

トプシダーは、護衛部隊やハルト人への軽蔑を伝えるかのように尾をくねらせた。まる一日ハルトで戦闘がくりひろげられているというのに、どちらも決定的な成果をあげられていないのだ。

「ハルト全体の戦争と同じく、じつにおもしろくなっているよ」と、クスルザク。「両陣営がかわるがわる攻撃しては、撤退している。だが、ローズバッド・シティはまだ手つかずのようだ」

「戦争はおもしろいものじゃないわ」エルサンドが注意した。

「そんなつもりじゃない」クスルザクが応じて、「基本的に、これは戦争ではないしね。ハルト人は銀河系の〝きょうだいたち〟に痛い思いはさせたくないし……護衛部隊は敵よりも強い武器を投入しないよう厳格に配慮している。名誉の戒律に反するから。わたしがスティギアンの立場なら、力の集合体エスタルトゥの法典忠誠隊を派遣するだろう」

「その場合には、ハルト人はああいう手かげんはしないだろうと？」シンダラーがたずねる。

「おそらく」クスルザクが応じた。

「だが、そうすると、ギャラクティカム種族とは関係のない話になってしまうな」と、フェロン人。「スティギアンの目的は、ギャラクティカム種族を巻きこむことだろう。ハルト人に恒久的葛藤を強制して、同時に、ハルト人がギャラクティカム種族を恒久的葛藤の渦に巻きこむことを狙っている。ソトの意のままに、銀河系全体が戦場になるわけだ」

「絶対にそんなことはさせないわ」エルサンドは小声でいって、全周スクリーンを見守った。シドと四体の不恰好なロボットが《ブリー》をはなれて六百メートル下の格納シャフトへ浮遊していく。「GOIはそのために戦っているの。それに、ビッグ・ブラザーのことで頭をひねってもしかたがない。いまにわかるでしょう。パラディン・ロボットは、ビッグ・ブラザーがハルトに送ったのだと思う。もしかしたら、政務大提督アトランが銀河系に帰還して、旧USOをビッグ・ブラザーという新しい名前で再建したのかもしれない」

「アトラン……！」トプシダーのクスルザクが考えこんでくりかえした。「それは闇を照らす光になりそうだな。われわれトプシダーはアルコン人からひどい目にあわされてきたが、アトランはかかわっていなかった。あれは、宮廷人の陰謀と大勢の貴族の秘密権力組織のせいで、あの連中は、アトランが長く皇帝の地位にとどまれないように謀《はか》りさえした。アトランは、あんな沼にいるには高貴すぎたのだ……戦士崇拝のばか騒ぎを吹き飛ばす適任者だと思う」

「ええ、そうでしょうね」エルサンドはちいさくいった。入り組んで折り重なり、砲撃を受けたかのように大破した建物群から、四体の回収ロボットが一物体を引きあげるさまを見つめる。「きっと、ギャラクティカムやGOIにとって、大きな力になるはずよ。でもわたしは、べつの者がビッグ・ブラザーの背後にいると思う。ティフは何度もわたしにアトランの話をしていた。だから、あのアルコン人がそういう偽名で動いているはずはないと思う。むしろテラナーのメンタリティに近い気がする」

巡洋艦司令室の仲間たちが議論をつづけようとすると、エルサンドは片手をあげた。

「それはまたにしましょう！　ローズバッド・シティに撤退するハルト人の先頭グループが見えたわ。位置について。〝護衛部隊奪還作戦〟開始まで、長くはかからないでしょう。はじまれば、あっという間に進行するはずよ」

＊

ヒゴラシュは、なおも自分のアイデンティティについて悩んでいた。《ブリー》訪問のさいに会った男アンティに、四体の回収ロボットで建物複合体の瓦礫から解放してもらったときのことである。

なすがまま、ロボットに引っぱられていく。その途中であるじの指示をとらえた。応答して報告せよという。しかし、その指示は無視した。これからもあるじはあるじだという事実は避けようがないが、おのれが何者かがわかるまでは、報告することはできなかった。

葛藤していても、パラディンの卓越した光学・探知システムが伝えるすべてを観察することはできた。

不思議なほど活気のない都市の一画を引きずられていく。ロボットに引っぱられながら、大きな廃墟でカムフラージュされた、格納シャフトの上部カバーにそなわる人員用エアロックを通過する。そして理解した。球型艦《ブリー》まで運ばれるのだ。

あれはGOIの宇宙艦だ。GOIは、銀河系の戦士崇拝拡大に反対して巧妙な手口で戦い、ハルトの出来ごとにも介入している。その組織の艦である。だが、なんの成果も得られまい。

法典に忠実なギャラクティカーを一万名ずつ乗せた十二隻の護衛部隊艦、四隻のエルファード船、さらに、あるじの旗艦である栄光の《ゴムの星》。これらに対して、二百メートル級の球型艦一隻になにができる？

そうだ。《ブリー》になど、とめられるはずはない。銀河系全体と同じく、ここハルトでも、あるじの意志が成就されるのだ。

回収ロボットの助けを借りずに《ブリー》司令室へ足を踏み入れ、シド・アヴァリトと名乗る小柄なアンティの横に立ったとき、ヒゴラシュはそう確信していた。

これでよかったのだ。《ブリー》の乗員や、会った瞬間に恋に落ちた女アンティと戦わずにすむのだから。

いまふたたび、彼女が目の前に立っている。

ヒゴラシュははげしい目眩《めまい》と戦った。アンティと自分とのあいだにある強い類縁性をふたたび感じる。だが今回は、この点で間違っていたことに気がついた。

エルサンド・グレルを愛しているが、男が女を愛するようなものではない。かれの愛情は、性的なものとはまったく関係がなかった。きわめて強い感情に圧倒されて、あのときはそう思いこんだだけだ。

いや、この愛情の由来は、銀河系と暗黒空間のあいだに横たわる深淵をこえる類似性、それだけである。

自分とアンティと暗黒空間とのあいだには、不可視の絆がある。そこに希望を感じた。この絆の助けを借りれば、自分の由来と故郷を知り、おのれのアイデンティティを見いだすことができるだろう。

筋骨隆々たる一ヒューマノイドが行く手をふさいだ。おおむねテラナーに似ている。身長が百六十センチメートルしかないかわりに、横幅も同じほどだ。

「やあ！」と、そのヒューマノイドは低いバスで叫んだ。「わたしはルーラー・ガント、本艦の操縦士だ。そちらのチームの名前は、シガ星人？　伝説のハール・デフィン指揮の初代パラディン・ロボットと同じ、〝サンダーボルト・チーム〟か？」

ヒゴラシュはふたたびとまどった。

ルーラー・ガントの問いの意味がさっぱりわからない。答えは存在するのだろうと思ったが、疑われたくなければ、訊くべきではない。

絶望して、あるじから答えを得ようとした。ふたたびコンタクトをとり、報告しようとする。

だが、今回はあるじが応じなかった。ヒゴラシュを深い孤独に突き落とす、なにか不気味なものが発する放射が、あるじとのあいだに侵入してきてコンタクトを不可能にしているかのようだ。

「なぜ返事をしない、パラディン隊長？」ルーラー・ガントがたずねる。

ヒゴラシュはようやくこの場を切りぬけられる話題を思いついた。秘密保持規定を持ちだせば、問いに答える必要はなかろう。

「その情報を明かすことは許されていない、テラナー」と、説明した。

「ルーラーはテラナーじゃなくてエプサル人だが」シド・アヴァリトが訂正する。

「シガ星人ならわかるはずだ！」ルーラー・ガントが声をはりあげる。「それに、ほかの知性体はパラディンを内部から操縦することはできない」

「その話はもう終わりよ！」エルサンド・グレルがいつになく強い調子で、「全員、配置について！　ハルト人のほぼ全員があの都市に退避して分子構造を変化させたわ。いまは、われわれが早すぎるタイミングで行動しないことにすべてがかかっている。でも、遅すぎてもいけない。どんなことがあろうと、護衛部隊がハルト人に集中攻撃をかけると決定するまで待ってはならない。その前に抗法典分子ガスで制圧しなければ」

抗法典分子ガス！

ヒゴラシュはにわかに理解した。記憶のなかで、なにをずっと探していたのか。《ブリー》を最初に見たとき、この艦はハルト人と交渉するためだけにきたのではないと、感じたことだ。

だが、それについて徹底的に考えられる前に、エルサンド・グレルとの類縁性に不意打ちされて、思考が停止してしまった。なぜ、よりによって護衛部隊の十二万名のギャラクティカーがハルトに着陸するときに、GOI艦がきていたのか。その真の理由を探りだすべく、じっくりと検討することができなかった。

抗法典分子ガスを使って、護衛部隊を制圧する気だ。あのガスは、力の集合体エスタルトゥや、〝それ〟の力の集合体において、戦士崇拝の敵が持つもっとも恐るべき武器である。

ヒゴラシュは、介入して抗法典分子ガスの投入を阻止しようと考えた。だが、すでに手遅れとわかる……ただし、パラディン体にしこまれた核爆弾に点火して、《ブリー》ごと自爆すれば、話はべつだ。

いや、それではエルサンド・グレルも死ぬことになる……宇宙のどんな代償を払おうとも、彼女は死んではならない。エルサンドの助けがあれば、ヒゴラシュは出自やアイデンティティの謎をついに解明できるのだ。

こうして、ほぼ完璧に熟慮されて準備された、ＧＯＩの計画を妨害するチャンスは利用されずに終わった。ＧＯＩの計画をもっとも恐れるはずの者が、双子をだましていたからだ。それでも、双子の運命はその者の手にゆだねられていた……

9

バス＝テトのハルコンは、第二六一部隊の護衛部隊員の中央に指揮艇を着陸させた。対光学・対探知バリアを張ると、二体の伝令ロボットを同行させて、探知通信アンテナが文字どおりぎっしり生えた小型艇で艦をはなれた。

外のようすは、探知ポジトロニクスが指揮艇のスクリーンにうつしだした映像とはまるで違っていた。順応できるまで、ハルコンはまず直接視認に慣れなければならなかった。

二名の護衛部隊員がそばにきている。女と男で、どちらもテラナーのようだ。女護衛部隊員がかたくるしく口を開き、

「わたしはイルサイ・カムソキです。第二六一部隊を指揮しています」首を振って男の護衛部隊員をしめし、「こちらは護衛部隊員のナギー・ボグダンです。ご命令はありますか、指揮官？」

「ないが」アコン人は応じて、逃げるハルト人の一部が建物に入り、一部は建物のあい

ただけだ」

だに立ちどまるさまを観察した。「ここでなにが起きているのか、自分の目で見たかっただけだ」

「ハルト人が立てこもっている、それが起きていることです」ナギーが断言する。

「そう単純ではない」ハルコンが応じて、「かれら全員がかくれ場を探そうとしていれば、わたしも同意するが、多くのハルト人がかくれずに立っている。しかも、標的を提供するといわんばかりに、まっすぐ立っているだろう」

「わたしはそうは思いません」と、イルサイ。「もしそのつもりなら、ひろい場所にいればいいのですから」

「そのとおりだ！」バス＝テトのハルコンは同意して、「そのうえ、十万名のハルト人全員があらゆる方角からここに撤退してきている……テンポはばらばらだが、大部分がほぼ同時に着くようだ。おそらく、しめしあわせたタイミングを守っているのだろう」

「もしかしたら、ここで同時に降伏するつもりなのかもしれません」と、レニー・シプゴン。

ハルコンはとりあわずに説明した。

「ハルト人の通信を傍受してわかったのは、多くの兆候からこれまでだれも住んだことがないと思われる、ハルトで唯一の奇妙な都市がローズバッド・シティと呼ばれていることだ。この名前はハルトというより、テラの響きがする。この名前がテラナーにとって特別な意味があるのかどうか、わかる者はいるか？」

「ローズバッド、ローズバッド？」イルサイが驚きながらつぶやいた。「すべてのブラックホールにかけて！　いま思いだしました。テラには、ローズバッドという川があります……旧ネイティヴアメリカンの地域に。あれは、変節した超越知性体セト＝アポフィスと戦っていた時代に、〝インディアン・サマー〟が歴史に名をのこした出来ごとと関係があります。それは、残忍な遠い過去の時代に、北アメリカのネイティヴアメリカンに対しておこなわれた、民族虐殺の詳細を明るみに出すものでした。そうすることによって、セト＝アポフィスはテラの人類を敵対するふたつの陣営に分裂させようとしたのです。しかし、失敗しました。当時すでに、ネイティヴアメリカンの血はテラや移住惑星の人類にひろく流れていて、すべての人類がなんらかのかたちでネイティヴアメリカンだったからです。でも、あのときなによりも明らかになったのは、はるかに優勢だったたいわゆる青白い顔の者たちに、ネイティヴアメリカンが手ひどい敗北を味わわせていたことです。その戦いのうちのひとつが、ローズバッド川のそばで起こりました」

「ふむ、ローズバッド川のそばで！」バス＝テトのハルコンは考えこんだ。「そして今回は、ローズバッド・シティで戦いがはじまる」

　ハルコンは伝令ロボットに向きなおり、

「一号はソトと通信をつなぎ、報告しろ。ハルト人はローズバッド・シティで罠をしかけたようだと、わたしが考えていると。さらに、テラナーが一枚かんでいると確信していると」

ロボットは了承した。

三十秒後、ロボットが、

「ソト＝ティグ・イアンは、情報に礼を述べ、ローズバッド・シティのどこかにGOI艦がいると伝えてきました。しかし、艦内には軍使しかいないようです。ローズバッド・シティについては、最後のハルト人グループが入ったのちに隙間なく包囲したうえで、突入せよとのことです」

「いずれにせよ、そうしようと思っていた」アコン人は冷静に応じて、「だが、ハルト人やGOIの期待どおりに動いてしまう懸念はある。とはいえ、せまい視野で考えるべきではなかろう。ここローズバッド・シティでなにが起きようとも、永遠の戦士崇拝が勝つにきまっている。ハルト人はいずれにせよ恒久的葛藤に参加するのだから」

ハルコンは伝令ロボット二号に合図をした。二号は、指揮艇から都市上空にはなたれた監視ロボットと、つねにコンタクトしている。

「なにが起きている?」と、アコン人はたずねた。

「たったいま、ハルト人の最後の戦闘グループが都市に入りました」ロボットが報告する。「五万名のハルト人が建物にかくれて、もう五万名は建物のあいだに立っています」

「ローズバッド・シティに突入する絶好のチャンスです！」ナギー・ボグダンがせかした。

「どうかしら」イルサイ・カムソキがためらう。

「いままでいちばん戦いに熱中していたのは、きみじゃないか！」ナギーは驚いていった。

「ローズバッドの意味をわかっていなかったから」と、イルサイ。「いやな兆候だと思う」

「勇敢さによってのみ、戦士は悪い兆候をいい兆候に変えることができる」バス＝テトのハルコンは、自分も疑っているとはおくびにも出さずにいった。

ついで、護衛部隊の十二万名全員と通信をつなぎ、叫ぶ。

「前進せよ、護衛部隊、都市を襲え！　わたしはきみたちのなかにいる。第二六一部隊の精鋭の先頭に立とう。前進、急げ！」

ハルコンは高くジャンプした。出力をしぼったグラヴォ・ジェット・エンジンで護衛部隊の最前線の前に出て、ローズバッド・シティの建物とのあいだへと滑るように飛翔した。

護衛部隊のギャラクティカーは戦いの叫び声をあげてつづいた。だが、ハルコンにはひどく無気力に聞こえた。

すぐに、かれも同じ無力感と失望に襲われた。

先ほどまで建物内にいた五万名のハルト人が外に出てきている。いま、十万名のハルト人全員が屋外に立っていた。しかも、身体分子構造を転換し、テルコニット鋼ブロックと同等の硬度と抵抗力をそなえて。

護衛部隊はいっせいに撃った。だが、なんの効果もない……ハルト人の戦闘スーツもまた、分子構造転換装置によって鋼のような外被に変わっていたためだ。

ただし、超硬化して堅牢になったために、ハルト人は機敏に動けなくなっている。

バス＝テトのハルコンは、その帰結をはっきりと理解した。

いっぽうでは、かれの部下は十万名の無防備なハルト人と対峙《たいじ》している。集中射撃を継続すれば、なんのリスクもなく殺せるだろう。

だが、そのいっぽうで、名誉法典は無防備な者を殺すことを禁じている。

つまり、勝利はしたが、なにも手に入らない。

ハルコンがそう把握したとたん、《ブリー》で着陸したGOIの者たちが、ローズバッド効果とはなにかを、劇的に見せつけたのである。

最初は、ひゅっ、しゅっ、ぴゅーっという音がしただけだった。アコン人指揮官や護衛部隊員にわかったのは、ローズバッド・シティ内や周辺で高圧ガスが放出されたことである。

「出どころを確認せよ！」アコン人はいやな予感をおぼえて命じた。「ここをはなれろ！」

だが、そのときすでに、数百名の護衛部隊員が朦朧《もうろう》とよろめくさまが見え……なにが起きたかを理解する。あのＧＯＩ艦が、恐れられていた抗法典分子ガスを大量に運びこんだにちがいない。それを、ローズバッド・シティに集合した護衛部隊のギャラクティカー十二万名めがけて放出したのだ。

「退避！」ハルコンは叫んだ。「ただちに撤退せよ！」

しかし、手遅れだった。かれ自身にもすでに効き目があらわれている。すべての思考と感情がにわかに反転するような感覚だった。最初は、よだれを垂らす怪物に全方位から攻撃されて、とほうもない恐怖と怒りが一帯で吹き荒れるかのごとくであった。

精神が漆黒の闇におおわれて、あえぎながらくずおれる……十二万名の最後のひとりとして……

10

「ぞっとするな！」シンダラーが思わずもらした。「抗法典分子ガスの効果が、これほどとは思わなかった。護衛部隊全員が正気ではなくなっている」

「しばらくはね」と、エルサンド・グレル。「でも、一時的なもので……後遺症はのこらないわ。ジュリアン・ティフラーも、この抗法典分子ガスで法典分子の条件づけから解放されたのよ」

「そろそろミッションの後半にとりかかるときだ！」シド・アヴァリトがせかした。

「いっしょにくるか、パラディン？　きみのほんとうの名前は？」

「アクトゥン・オロト」ヒゴラシュは深く考えずに答えた。

「いや、それは偽名だろう」と、シド。「ハルト人だと主張できたあいだだけの名前だ。〝日焼け〟して正体がばれたんだから、パラディン名を教えてもいいだろう」

「パラディン」ヒゴラシュはぼんやりといった。この状況への用意はなかった。事情を訊けたはずのあるじとは、まだコンタクトがとれていない。

「おろかなふりはやめろ！」ルーラー・ガントが憤然とどなる。「パラディン・ロボットにローマ数字の番号がつけられているのはわかっている。わたしの知るかぎりでは、最後に投入されたのはモデルⅣだ。あれから五百年か六百年が経過しているはず」

「わたしはパラディンⅥです」やっかいな話を終わらせようと、ヒゴラシュは急いでいった。

シド・アヴァリトが重々しく嘆息して、

「口論したって、なんの役にもたたないぞ、みんな。それじゃ、パラディンⅥ、次のミッションに参加する気はあるか？」

「はい、もちろん！」ヒゴラシュは答えた。どのようなミッションなのか、見当もつかないが、これ以上は訊かれたくなかった。すでに疑われているとはいえ、さらに疑念を招きかねない。

「よし！」と、エルサンド・グレル。「スタートして、ルーラー！」

エプサル人のエオモシオ航法士は、サート・フードを頭にかぶり、おもに思考の力で《ブリー》の操縦や制御をする。

カムフラージュされた上方ハッチが横にスライドするあいだに、宇宙艦は格納庫シャフト内を上昇した。艦の下方に形成された高圧縮エネルギー・フィールドの力で放出され、みずからの駆動力は使わずにスタートする。完全に無音でハルトの電離層のはるか上まで行き、化学修正ノズルを最低限投入して、ソトの旗艦や四隻のエルファード船や、十二隻のほぼ無人の護衛部隊艦が周回する軌道に入った。

「前方に、《ゴムの星》と四隻のエルファード船、それから十一隻の護衛部隊艦がいる」探知結果を分析してクスルザクが報告。「敵の目はローズバッド・シティの件に集中しているようだ。とにかく未知の探知インパルスには見舞われていない」

「そして、気づかれずにいつづける」スプリンガーのクニシュが勝ち誇ったようにいった。

「これが第二のローズバッド効果よ」と、エルサンド。「すこし上昇して、ルーラー。最後尾の護衛部隊艦が本艦を追いこしたのちに、ハチの巣状の艦尾に横づけして、ひそかに侵入する」

エルサンドはヒゴラシュに、

「なにか必要なものはある、パラディンⅥ？」と、たずねた。

はい、山ほど！　と、ヒゴラシュは返事をしたかった……わたしは情報が必要なのだ。わたしは知りたい。自分がほんとうはだれなのか、わたしの故郷は暗黒空間にあるのか、暗黒空間とはなにか、それがどこで見つかるのか、そして、わたしとあるじを隔てようと押し入ってくるものがなにか……だが、黙っていた。このような問いはすべて疑いを招くだろう。自分は敵の一員だと、ＧＯＩの者たちにばれてしまうかもしれない。

そうなれば、戦って死ぬしかあるまい。

しかし、ヒゴラシュは死にたくなかった。せめて、自分がだれなのか、あるいはなにものかを知るまでは……そのうえ、戦いの最中にアンティであるエルサンド・グレルになにかが起きるのも、望んでいない。

彼女は、かれが解明したいと願っている謎の鍵なのだ。

「いいえ、エルサンド、なにも必要ありません」そこで、ヒゴラシュはこう主張した。

アンティは成型シートから立ちあがった。

「わかったわ。では、突撃コマンドを召集する。トンネルフィールド・プロジェクター入口で会いましょう。シド、あなたはパラ露をとりにいって、あとからきて！」

パラ露！　その思いがハイパー構造ショックのようにヒゴラシュをつらぬいた。パラ露とはなにか、知らないし、これまで聞いたこともない。だが、その名前は、プシオン的性質を持ち、すぐに〝ガス化する〟物質だと予感させた。

そのようなものが《ブリー》艦内に大量に存在するのであれば、ここからあるじとコンタクトがとれないのも驚くにはあたらない。まして、その不気味な物質が艦内ですでに活性化されているのなら、コンタクトできるはずはなかった。

「了解」シドがエルサンドに応じて、冗談めかしていいそえた。「きみがあんまりたくさんつまみ食いしていないといいんだが」

そういうことか！　と、ヒゴラシュのなかで声がした。だからこそ、きみはわたしの感情をかき乱すのだ。郷愁を呼びさまし、わたしの過去の気配を伝えてくる！

「ほんのふた粒だけよ」エルサンドは恥ずかしそうに認めた。

シド・アヴァリトは笑って、

「なんともなければいいさ！　のこりはまだ充分すぎるほどある。それでプテルスの百人隊だって屈服させられるだろう」

アンティ二名が司令室をはなれようとすると、背後からヒゴラシュが駆けよった。

「いっしょに行かせていただきたい、エルサンド！」と、たのむ。「手伝えるかもしれない」

エルサンド・グレルはみじかく考えて、うながすように手を動かした。

「わかったわ、パラディンⅥ！　でも、介入するのは、われわれだけでは護衛部隊艦の残留要員をかたづけられないと判断したときだけにして。突撃コマンドのメンバーは、みずからが受けた対パニシュ訓練を誇りに思っている。自分たちになにができるのか、思うぞんぶん証明するつもりなの」

同意の返事を待たず、エルサンドは当然のように先へ進んだ。

ヒゴラシュは彼女を追って通廊の搬送ベルトに乗ると、《ブリー》の艦尾セクションへつづく反重力リフトに入った。

「タイプRZ28／29のスター級球型艦の艦尾には、ハイパー空間エネルギー通廊を構築するトンネルフィールド・プロジェクターがあるの」アンティは移動しながら説明する。「その通廊は、通常空間では察知されない。だからとくに敵領域への秘密侵入に適している。惑星でも、宇宙船でもね。ほら、あの前で突撃コマンドが待っているわ！」

リフトのシャフトから飛びだすと、重戦闘スーツを着用した八名が待っていた。エルトルス人が二名、オクストーン人が三名、テラナーが三名である。エルサンドはかれらの名前を告げて、パラディンⅥのことも紹介した。突撃コマンドのメンバーはいやな顔をしたが、かれらが戦いに負けると思った瞬間にだけ介入するとヒゴラシュが請けあうと、表情がゆるむ。

シド・アヴァリトが一キログラムずつのパラ露が入ったパラトロン保護容器を二個、持ってくるまで待った。つづいて〝此岸《しがん》の間〟と呼ばれるキャビンに入る。そこから投影されるハイパー空間エネルギー通廊を通って、〝彼岸〟、つまり向こう側のはしで通常空間に復帰するのだ。

エルサンドはヘルメット通信装置で《ブリー》の首席技師と交信した。首席技師は管制スタンドからハイパー空間エネルギー通廊の構築と解体に必要な操作をする。準備はととのった。

突撃コマンドは戦闘スーツとヘルメットを閉じている。〝此岸の間〟の外側ハッチが開いた。向こうには直径三百メートルで円形をしたハチの巣壁の一部が見える。このハチの巣壁は、護衛部隊の半球艦の艦尾にあり、護衛部隊の着陸艇のスペースである。

「あれが《カルマーⅢ》だ！」シドがささやき、ふたつの空のハチの巣房を隔てるハッチに書かれた文字をさししめした。

「気をつけて！」エルサンドが押し殺した声で叫ぶ。「眩惑されないように！」

この警告は正しかった。ヒゴラシュはすぐに理解する。

〝此岸の間〟が脈動する靄の集合体に変化した。靄のなかで、影のような正体不明の姿があらわれては消える。護衛部隊艦のハチの巣艦尾はまったく見えなくなる……そのあたりの方角で、踊るかのような、点滅する青みがかった光をのぞいて。

すべてがぼんやりとして非現実的だった。

それでも、ヒゴラシュは突撃コマンドにくわわることを恐れてはいない。このメンバーたちは、すでにハイパー空間エネルギー通廊を熟知しているか、シミュレーションのハイパー空間エネルギー通廊で訓練しているのだろう。ためらうことなくエルサンド・グレルにつづいて靄に足を踏み入れ、かれらが触れるたびに暗くなる青みがかった光につつまれる。

青みがかった光に触れればなにを感じるのか、ヒゴラシュは単純にわくわくした。

だが、想像とはまったく違っていた。光は暗くはならず、長さ三百メートルほどのチューブ形通廊のほぼ真円の開口部が開けた。通廊の壁は黄色っぽく光り、しずかに振動している。そのほかには、通廊はごく正常で、物質であるように見えた。ヒゴラシュの前方で、エルサンドが部隊の先頭に立ち、そのうしろに八名の突撃コマンドのメンバーがつづき、しんがりにパラ露のパラトロン保護容器二個を持ったシド・アヴァリトがいる。

はるか奥、向こう側のはしに、ヒゴラシュは通廊に入るさいに見た脈動する靄を認めた。ただそれは、〝此岸〟ではなく〝彼岸〟だった。

突撃コマンド八名と、アンティ二名が〝彼岸〟の靄に消えて、ヒゴラシュは急いだ。同じように靄に入ると、刺すような青白い光輝があらわれる。

その明るさのなかで、《ブリー》のGOIメンバーと六名のプテルスとの、はげしい戦闘の嵐が吹き荒れていた……

＊

ヒゴラシュは必死で冷静になろうとした。戦闘は決着がつかないまま数分間うねり、あるときはプテルスが、またあるときはGOI側が優勢なように見えた。

だが最後には、GOIの者が最後の力と能力を振りしぼって《カルマーⅢ》の残留要員を打ち破った。プテルスは手足を縛られ、護衛部隊艦の司令室まで乱暴に運ばれる。ヒゴラシュはかれらとGOIメンバーたちのあとを追った。

　プテルスを護衛部隊艦の制御装置前の成型シートにすわらせて、ベルトと枷《かせ》で二重に拘束すると、エルサンド・グレルがいった。

「制御操作にかかわる全情報を自分から話すか、強制されて話すか、選んでいいわ」

「われわれにはなにも強制できない」と、プテルスが応じる。「いずれにせよ、情報を自主的に話したりなどしない」

「あなたの名前は？」エルサンドが鋭くたずねた。

「ハナガー・ノク・トラン」と、プテルスが応じる。

「ほらね、ハナガー・ノク・トラン！　もう情報をひとつ、自分から話したわ。あなたの名前を。ほかの情報も話してもらう」

　プテルスはさげすむように笑った。

「意味のあることはなにも話さない……きみたちGOIに強制などできるものか。そうする時間もない。きみたちの艦が探知されるまで数分しかなかろう。その後、立場は逆転する」

「あなたはまちがっているわ」エルサンドは応じて、「シド、両手いっぱいのパラ露を！」

ノク・トランはうめいた。シド・アヴァリトが片方のパラ露保護容器のバリア構造に亀裂を開き、ガラスのような、不気味にきらめく半物質化したプシ物質のしずくを両手いっぱいにすくいあげたのだ。

ヒゴラシュもぞっとして……はじめての感覚をおぼえる。自分はハルト人に似たパラディンと同一の存在ではなく、遺伝子安定化処理され、ハイパー音波で湿潤軟化させられて、つまりふやかされて、パラディン体の内壁に不均等にばらまかれた細胞組織だと感じたのである。それが重点的に置かれているのは、パラディン・ロボットの操作制御部だった。

自分は、人工生命体に統合された、有機的知性体なのだ！

エルサンド・グレルが投入して活性化させたパラ露の放射を受けて、ヒゴラシュの精神はますます混乱した。朦朧として感じとる。エルサンドがテレパシーと暗示の超能力を動員し、強力だが制御されたプシ嵐を引き起こして、その作用でプテルス六名の意志を打ち砕くさまを。

ヒゴラシュは完全に受け身だった。だが、ほとんどが上位次元で起こるため多くを理解できない知覚内容を、通常の次元におさめようと努力した。エルサンド・グレルが六名のプテルスを完全に掌握して意志の
［しょうあく］
すぐには成功しない。エルサンド・グレルが六名のプテルスを完全に掌握して意志のない道具にするために、ますます多くのパラ露を使ったから。

そのために、ヒゴラシュはますます気が遠くなり、錯覚の悪夢の景色に迷いこんだ。極限惑星の錯覚の怪物とともに危険な冒険をして、〝ガラスの〟宇宙船で何度もふたつの銀河の重層ゾーンへと向かった。これまで知らなかった内面の琴線《きんせん》が下部意識で鳴らされる。

混乱した意識のなかで、〝暗黒空間〟という言葉があらわれては消え……おのれのアイデンティティを知り、謎の暗黒空間の意味を解明したいという欲求が強まって、とりつかれたようになる。

いつのまにかブラックアウトにおちいっていた。

さらに、いつのまにか意識がもどる。最初はそっと、やがて強く、古くからの願望を満たすべきだという衝動がふくれあがった。

パラディン・ロボットの赤く光る三つの目で、ヒゴラシュは護衛部隊艦《カルマーⅢ》の司令室を見わたした。

残留要員のプテルス六名は硬直し、うつろな目でシートにすわっている。その指はマシンのごとく不自然にセンサー・ポイント群の上を動き、ダイヤルをまわし、スティックを動かしていた。全周スクリーンに見えるのは、《カルマーⅢ》がエネルプシ航行でスティギアン・ネット上を動くさまだ。

護衛部隊艦を奪うというＧＯＩの計画は、うまくいっているようだ。突撃コマンドの八名は、プテルスの横やうしろに立ち、すべての操作をホログラム記録装置で撮影している。あとで分析して、このような艦をみずから操縦するためだろう。

だが、プシオン的には死んだかのようにしずかで、ヒゴラシュは不安になった。ほどなく、その理由を把握する。

エルサンド・グレルが、意識がなく燃えつきたようすで、身を伸ばして床に横たわっていた。シド・アヴァリトが横でひざまずき、医療ボックスを彼女の上に乗せて、心配そうな顔で装置の表示や治療を見守っている。

ヒゴラシュはまず最初に、彼女を助けようという衝動を感じた。

だが、実行できないうちにべつのインパルスにおさえつけられる。

あるじにしたがえというインパルスだ！

呪縛が解けたのだ。いままであるじとのコンタクトを妨げていたものは、もはや存在しなかった。エルサンド・グレルは、突撃コマンドが持ってきたパラ露のしずくを使いきってしまったのだろう。

こうして、すべてが変化した。

女アンティは、かれの出自の秘密を解明する手助けをすることはできない。二名のあいだにあった類縁性は、消えていないにせよ、価値を失った。とはいえ、いつか彼女が必要になるかもしれない。あるじの思考は、七つの封印がほどこされた扉の奥にあるかのように閉ざされている。だが、パラ露の力でその思考に侵入し、自分の出自の最後の秘密を解明するよう、彼女に強制できるだろう。

したがって、エルサンドを逃がすわけにはいかない。

ヒゴラシュはあるじに呼びかけた。

あるじが応じる。

だが今回は、すでにたびたび予感していたことに気がついた。

自分は二重に存在している！

正確にいえば、かれは双子の兄のほうだった。弟はあるじであり師である者のそばにいて、ヒゴラシュとあるじとのコミュニケーションを仲介している。

〈かれらは護衛部隊艦を奪おうとしています。エネルプシ・エンジンの謎を解明するために！〉と、ヒゴラシュは報告した。

〈おまえはそれを防ぐためにそこにいるのだろう！〉あるじは双子の弟を介して告げた。

〈しかし、どうやって？〉と、ヒゴラシュがたずねる。

〈いつもと同じように！〉

〈いつもと同じ？〉ヒゴラシュはショックを受けて訊いた。

〈精神が混乱しているな。さもなくば、何度もやってきたことがわかるはずだ！〉あるじは憐憫をこめて、〈おまえはヴォマゲルだ。精神力で《カルマーⅢ》前方のスティギアン・ネットのラインを操作できる。突撃コマンドが入力した座標ではなく、おまえに刻印された座標へと向かわせることができるのだ〉

〈そうです！〉ヒゴラシュはにわかに理解した。〈思いだしました。わたしはすでに何度も、われわれの艦の奪取を防いできました！　しかし、わたしはその能力をどこから手に入れたのでしょう、ご主人？〉

〈おまえはわたしの秘密兵器なのだ！〉と、弟を介して返事があった。〈そして、おまえはいつも成功させてきた。そうでなければ、おまえの弟はとっくに崩壊していただろう。忘れるな。弟を安定な状態に維持できるのはわたしだけだ。弟はおまえのように遺伝子安定化されていないからだ！　義務をはたせ、家臣！〉

ヒゴラシュはあるじの思考にあった脅迫を聞き逃さなかった。だが、ふたたび自覚する。自分はずっとこの脅迫とともに生きてきたし、これからも生きていくのだろうと。弟を失わないために。

《カルマーⅢ》前方のスティギアン・ネットのプシオン・ラインを操作すべく、ヒゴラシュは集中した。

だが、孤独のむなしさと寒さから身を守るためだけではない。今回は、エルサンド・グレルを間接的に支配下におくためでもある。いつかふさわしいときに、パラ能力で協力するよう、強制できるように。

11

アームバンド・ミニカムが笛のような音をたてて、シド・アヴァリトは身を起こした。応答すると、スクリーンにクスルザクの顔がうつる。

「ああ、どうした?」シドは性急に訊いた。エルサンド・グレルの意識を回復させる手当てを中断させられて、いらだったためだ。

「探知では、前方のスティギアン・ネットのラインがこんがらがっている」トプシダーが報告する。「奪った艦のエネルプシ・エンジンがおかしくなったのか、きみたちが残留要員をコントロールできなくなって、そのうちのだれかが悪さをしているか、だよ」

「そんなことがあるか!」シドはどなり声をあげた。「おい、みんな、プテルスが悪さをしてるとか、《カルマーIII》のエネルプシ・エンジンがおかしいとか、そういうことに気がついた者はいるか?」

「プテルスは完全にコントロール下にある」と、エルトルス人のコク・タンパル。「かれらはホログラム記憶装置で撮影した操作手順を守っている」

「すこしいわせてもらってもいいか?」プテルスのハナガー・ノク・トランがたずねる。

「話せ!」シドがもとめた。

「本艦は舵がきかなくなっている。テラの慣用句を使えばだが」ノク・トランが説明して、「わたしもこれは不安だ。このようなことははじめてで……われわれ全員を敵と考える外部勢力が干渉している恐れがある」

「ふん、舵がきかないほうが都合がいいから、そういいはることもできるよな!」シドは憤然と叫んだ。

「かれが話しているのは事実よ、シド」と、信じられないほど弱々しい声がささやいた。

エルサンドの声だ!

「トラカラトの神殿にかけて!」シドは安堵して、「もうもどってこないかと思ったよ」

「ばかなことといわないで」エルサンドの声はほとんど聞こえなかったが、目には微笑が浮かんでいる。「帰ってきたわ。それから、そのプテルスは事実を話しているといったの。パラ露の効果は、もうしばらくわたしの脳のプシオン・セクターで持続する。知ってるでしょ、依存症になっているから。そのプテルスたちは動揺していて、どうすることもできない。ルーラーを呼んで、かれの力を借りて《カルマーⅢ》を正しいコースに入れられるように、ためしてみて! それから、わたしに数分間、時間をちょうだい！」

エルサンドが目を閉じて嘆息しながら横たわると、シドは悪態をもらし、勢いよく周囲を見た。

パラディンⅥをにらむ。身動きせず後方に立ち、三つの目が奇妙な光を発していた。

「きみは、ロボットじゃなくて、未知宇宙からきた生命体のような気がするぞ！」なかば恐れ、なかば怒りながら、大声を出した。「気味が悪くなってきた！」

「暗黒空間とはなんだろうか？」パラディンⅥが一本調子にたずねる。

シドはさらに悪態をつき、パラディンⅥに背を向けると、アームバンド・ミニカムで《ブリー》と通信をつないだ。

「ルーラーをよこしてくれ！」と、もとめる。「ここはとんでもなくあやしいんだ！やっかいな状況から救ってくれる魔法使いにきてもらわなきゃならない」

ルーラー・ガントは返事をしなかった。だが、この反応、あるいは無反応は、シドにとっていつものことだ。あのエプサル人は有能な操縦士だが、それ以外はたいてい無愛想なのだ。

返事はなかったが、ルーラーは一分ほどで《カルマーⅢ》の司令室にきた。

ルーラーは、シド・アヴァリトにはかまわず、すぐに操縦やプテルスのコントロールをチェックした。いくつかの表示を確認すると、あきらめたようなしぐさをして、

「わたしにはどうにもできない」と、断言した。「とにかく、正常でないのは《カルマーⅢ》のエネルプシ・エンジンではない。奇妙なのは、艦前方のスティギアン・ネットのプシオン・ラインだ。あそこでなにかが起きていて、かんたんにいえば、見とおせないこんがらがった糸玉というところだな。しかし、なぜあれが生じたのか、われわれの装置では判断がつかない。むろん、艦はあれに反応する。コースを維持できず、まったくべつの方角に向かうだろう。当然だが、スティギアン・ネットからのフィードバックにより、このプロセスは《カルマーⅢ》の制御部にも表示されている。しかし、いま話したように、この艦が原因ではない」

「だが、プテルスはスティギアン・ネットを操作できるなんらかの精神能力をそなえているかもしれないだろう！」シドははげしく叫んだ。

「違うわ！」エルサンドがささやく。「わたしはまだプテルスの弱いテレパシー・インパルスを感じている。わかったのは、かれらはなにかがおかしいと気づいているけど、説明はつけられないでいること。艦前方のスティギアン・ネットのプシオン・ラインがおかしいというルーラーの主張を疑ってさえいるわ。そのようなことはありえないと考えている」

「だが、そうなんだ！」エプサル人がうなるように叫ぶ。

シド・アヴァリトはエルサンドを抱きあげて、あいているシートに向かった。背もたれを倒して彼女を横たえる。

ついで、痛む腰をうめきながら伸ばし、

「わかった。それなら、プテルスは潔白だ」と、認めて、ふたたび疑り深くパラディンを見る。「だが、このロボットはどうだ？　そもそもだれが《ブリー》に送ってきた？　こいつのことはなにもわからない。もしかしたら、GOIとは関係のない、スティギアンの秘密兵器かもしれない」

シドは、赤い戦闘スーツの一部がちぎれ、黒い人工皮膚の一部が裂けた巨大ロボットのほうへ行った。だが、パラディンの四本の手がとどくほどには近よらない。

「どこからきたのか、話してくれるか、パラディンⅥ？」シドは身がまえてたずねた。

「きみを送ったのは、だれだ？」

「アトランです」と、パラディン・ロボット。

居あわせたGOIメンバー全員の目がパラディンに集中する。

「アトラン……？」ルーラー・ガントがゆっくりとくりかえした。「なるほど！　それなら教えてくれ。いま、アトランはどこにいる？」

「暗黒空間の近くに」パラディンⅥは答えた。

「それは力の集合体エスタルトゥにある」エルサンド・グレルがささやいた。「マカルー山にあるスティギアンのソトムで、暗黒空間のヴィジョンを見たのをおぼえている。

あれがなにかはわからなかったし、いまもわからない。でも、スティギアンにとって重大な意味があるにちがいない。

「わたしにとっても」と、パラディンⅥが押し殺した声でいった。

シド・アヴァリトの敵意は消えた。おもな理由は、パラディン・ロボットがアトランに送られたといったからだ。だが、知るよしもない。パラディンⅥがこう主張したのは、《ブリー》艦内で何度もアルコン人のことを聞き、それをそのまま口にしたからにすぎなかったとは。

だが、シドが敵意を実行にうつしていたとしても、数秒後には手遅れになっていただろう。ドッキングした《ブリー》とともに、《カルマーⅢ》が四次元アインシュタイン時空連続体に復帰したからだ。全周スクリーンには巨大なさいころ状物体が見えている。その物体は、着陸斜路や、アンテナドームや、それに類する無数の突起物をそなえていた。

「フェレシュ・トヴァアル！」シド・アヴァリトが思わずもらした。むろん、あの危険な敵、いわゆるハンター旅団の宇宙要塞の名称は、ＧＯＩのパラチーム全員が知るところである。

「裏切りだ！」ルーラー・ガントがどなり、目をむいて周囲を見た。「ただちにスタート！　まだ捕らえられてはいない！」

「もう手遅れよ！」エルサンド・グレルがささやき、無数の探知リフレックスをさししめした。ハンター旅団の宇宙要塞から放出されて、全方位に散開している。「考えられるかぎりの逃走経路を遮断しているわ。遠くへは行けない」

《カルマーⅢ》司令室の通信装置が音を発した。六名のプテルスがわざと動かないため、シドがスイッチを入れる。

白い肌をした裸のプテルスの映像がスクリーンにあらわれた。攻撃モードをとっている。ソトでしか見たことのない姿だ。

「ウィンダジ・クティシャ、凶悪ハンター！」シドが驚愕して、あきらめ顔で、怒りのにじむ皮肉をこめていった。「ほんとうに噂どおりの凶悪さかどうか、もうすぐわかるんだろうな」

エルサンド・グレルは大きく目をむき、エルファード人の姿をとったプテルスの映像を見つめた。凶悪ハンターことウィンダジ・クティシャは、敵にもっとも恐れられているスティギアンの執行者だった。捕らえた者に対する仮借なさと残忍さは、伝説になっている。

「降伏せよ！」と、クティシャはもとめた。「きみたちに勝ち目はない！」

われわれは死んだも同然だわ！と、エルサンドは考えた。

〈違う、生きているかぎり！〉と、彼女の意識の深みでささやく声がした。

エルサンドは周囲を見た。だが、テレパシーかメンタル手段で話しかけることができそうな者は、見あたらない。

それでも、いまのメッセージはあらたな希望をあたえてくれた。このような状況をも克服してみせるという意志は強まった。むろん、降伏するしかなかろう。だが、すべてはそこからはじまるのだ……

あとがきにかえて

鵜田良江

先日、父の葬儀であらためて気がついたことがあった。父の世代の親戚で、大学に通ったことのある人はほとんどいない。

「人間は謙虚じゃないといかんわぁ」と、農畜産業で力仕事を重ねた分厚い手をちいさく振り、お日さまのように笑う人。水道工事で日焼けした太い腕を組み、青くさい打ち明け話にうなずいて、「それでいっちゃが」と、ぼそりと言ってくれる人。どんなに小さな工事でも、現場にくる畑違いのおしゃれな人たちが帽子さえかぶらなくても、頑としてヘルメットを持参しつづけた人。アカデミックな評をするでもなく、絵本や児童書を友として、海のそばの山あいで味わいのある絵を描いてきた人。たくさんのことをのみこんで、草花を愛でながら家族の世話に明け暮れてきた人。

だれもが、これといった地位もなく、マスコミにとりあげられたり賞讃されたりする